BLADE & BASTARD

—溫暖的灰燼，昏暗的迷宮—

蝸牛くも Kumo Kagyu

Illustration **so-bin**

序章
All Stars

「『密姆伊（光啊）　沃烏阿利夫（顯現吧）』！」

黑暗中，光芒乍現。

被朦朧光芒照亮的「迷宮」內部，響起一道腳步聲。

不對——正確地說，不是一道。

因為那是亂七八糟的複數腳步聲。

身穿沒有一致性的各種裝備，隊伍卻整齊劃一的六個人。

是冒險者。

「喂，莎拉，不能用更好的法術嗎？」

前方是漫長的石階。走在前頭的男子大概是在為它的長度感到不耐，發出近似呻吟的聲音。

淡綠色微光照亮的人影身穿鎧甲，疑似是一名戰士。

他晃著額頭前方有著龍形裝飾，看起來相當沉重的巨大頭盔，碎碎念道：

「『光明（密爾瓦）』一下就消失了。」

「你的意思是要我用『增光（羅密爾瓦）』嗎？我拒絕，賽茲馬。」

回答她的是僧袍外面穿著胸甲，依然看得出纖細身材的美麗少女。

她搖動與美貌及苗條身軀相襯、形似竹葉的長耳，面不改色地說。

「不過，如果你不介意不能使用『識別（拉茲馬皮克）』和守護的『祈願（巴馬茲）』，中了麻痺也不能治療，我是可以答應你的要求。」

賽茲馬欲言又止，最後陷入沉默。

看到平常帶頭殺進敵陣的隊長這副德行，穿皮甲的矮小冒險者不禁竊笑。

他的身高與孩童無異，不過咧嘴笑著的臉確實是成年男子的樣貌。

「人類真不方便，跟咱們不一樣，在黑暗中看不見。」

「講話注意點，莫拉丁。」

警告那位莫拉丁的，是跟他一樣矮小的鬍鬚男。

但他的身體寬度是莫拉丁的兩倍，肌肉發達，儼然是塊巨岩。

頭戴角盔、手拿戰鎚的那名男子，用符合形象的嚴肅聲音低聲說道：

「這座『迷宮』的黑暗，可是連我們矮人和你這個圃人都看不清的程度。」

「噢，咱當然知道，塔克和尚。」

「莎拉也是，勸別人的時候語氣要委婉一點。」

「是……」

通常來說，精靈不可能乖乖聽從矮人的諫言。

但莎拉只不過是一介僧侶，塔克和尚則是道行高深的偉大主教。

就算回嘴也不可能講得過他，再說，莎拉極度不擅長辯論。

精靈、矮人、圃人、地精等妖精，變得與人類擁有相近的壽命，已經有好一段時間了。

她還是個花樣年華的少女，擁有與外表相符的年齡，以及與年齡不符的美貌。

「還不能下去嗎？我的腳快腫起來了。」

「真的是。」

對於跟少女同樣虛弱的魔法師而言，這座階梯的長度實在折磨人。

把手杖用在原本的用途上的普羅斯佩洛，拭去額頭的汗水深深嘆息。

「這座『迷宮』的深度，不是人類的智慧能夠觸及的。」

「這裡是『迷宮』。」莎拉喃喃說道。「不是洞窟，而是由人創造的……」

「我非常好奇。為了何事……在何時，由何人，以何種手段──」

「現在就是要去確認答案吧。」

賽茲馬一副不想聽他們抱怨，也不想陪他們思考的態度，斬釘截鐵地說。

天知道聽這些魔法師議論，會害人老多少歲。

「霍克溫，有感覺到敵人的氣息嗎？」

「沒有。」

回答他的是看似密探的男子，他的回應相當簡短，符合外表給人的印象。

可是，與他共同前行的五人知道，這男人是個意外好笑、有趣的傢伙。

實際上，霍克溫正在感慨地自言自語，代為陳述他們的想法。

「終於——要踏入新樓層了嗎……」

賽茲馬、莎拉、莫拉丁、塔克和尚、普羅斯佩洛，以及霍克溫。

六名冒險者臉上帶著緊張，以及壓抑不住的興奮情緒。

他們位於攻略「迷宮」的路途中，真正意義上的最前線。

從未有人造訪，不可能有人踏進過的新樓層。

有危險，生命也會受到威脅吧。搞不好會有哪位夥伴送命。

——不過，那又如何！

賽茲馬如此說道，決定解開樓梯的封印。

「迷宮」每一層——至少前面的樓層都是這樣——必定會有一扇大門。

不曉得是用來阻擋入侵者，還是用來封住裡面的人。

不打開以未知文字刻下數量駭人的咒文的那扇門，就無法前往下一個樓層。

於這一天、這一刻，找到那扇門——並且打開它的，是賽茲馬一行人。

害怕前進哪稱得上冒險者。前方說不定有未知的財寶。

邁出第一步的冒險者的名聲，肯定會傳遍整座城鎮。

而且，僅僅是未攻略樓層的情報就價值連城。

想不到不前進的理由。

喀——自己的鐵靴踩在石板路上的聲音，令賽茲馬繃緊身體。

「你在害怕什麼啦。」

「囉、囉嗦……！」

賽茲馬回罵語氣有點緊張的莎拉，莫拉丁不禁失笑。

他在鐵盔底下吐出一口氣。無論如何，前方是全新的領域。緊張固然重要，但太過緊張也不好。

「好，我們上——」

語畢，他果斷踏出值得紀念的第一步——

「——…………」

「……？賽茲馬，你在幹麼？」

他的身體彷彿變成了石頭，停止動作。

莎拉下意識擔心地看著他的臉（他戴著鐵盔就是了！），賽茲馬卻一語不發。

是陷阱，還是未知怪物的攻擊？如果他中了麻痺，就該輪到存著沒用的「軟化（迪亞魯柯）」法術派上用場了。

「達魯伊阿利夫……」

就在莎拉忍不住唸出第一句咒文時。

「……喂。」

賽茲馬的聲音聽起來像好不容易才擠出來的，這次換成莎拉嚇了一跳。

「怎麼了，賽茲馬？」

莫拉丁謹慎地低聲詢問。霍克溫已經警戒起來。

來到此處的冒險者面對未知的威脅，已經進入備戰狀態。

「……我們是第一個抵達這層樓的冒險者……沒錯吧？」

「你在說什麼？那是當然。」

塔克和尚不明白賽茲馬在害怕什麼，以像在鼓勵他的語氣說道。

「大門是封印住的。沒人打開過那扇門。這一點你不是最清楚的嗎？」

「……普羅斯佩洛。」賽茲馬沒有回答，詢問普羅斯佩洛。「門真的是封住的嗎？」

「是的。」魔法師拿著法杖，以便隨時可以指向目標，點了下頭。「照理來說。」

「到底怎麼了，賽茲馬？你真的會怕嗎？」

「那麼……」

賽茲馬無視莎拉的調侃——用來掩飾恐懼的玩笑話，抬起下巴。

精靈的視線移向鐵盔朝著的方向。魔法微光照亮的前方。

賽茲馬雙肩顫抖，忍著笑意說道：

「**這具屍體究竟是誰……？**」

第一章
伊亞瑪斯

吵。他聞到灰燼翻騰的氣味。

呢喃化為禱告，禱告化為詠唱，接著下令。

——祈願吧。

那不是對生者訴說的話語。

而是對曾經身在此處，至今仍未消散的人訴說的。

不過，他們究竟該祈願什麼？

希望。願望。遺憾。憎恨。使命。義務。執著。欲望。

為何而生，為何而死？

那是生者不知道的事。連死者都不會知道。

活著的時候無法理解，死後又如何能夠領悟？

然而，即使如此，他們依然給予了無聲的回答。

無聲的吶喊。無聲的傾訴。擠出最後一絲靈魂發出的，尖叫。

可是，有人連那樣的聲音都發不出來。

無聲的聲音。無聲的言語。連吶喊的力量都沒有。

不曉得是死心了，還是接受這個下場了。抑或只是精疲力竭。

無論如何，已經斷氣的那名年輕冒險者——

「羅丹……！不會吧……！？」

——化成了灰燼。

成堆灰燼在祭壇上發出聲響崩落，夥伴們見狀紛紛哀號。

絕對不該在靜寂無聲的寺院上演，卻是這間寺院稀鬆平常的景象。

對伊亞瑪斯來說，甚至會覺得十分懷念。

他雙臂環胸站在牆邊，看著悲慟的冒險者。

是他看過好幾次——次數多到數不清了——的畫面。

因此，他沒有任何感覺，像在用長靴踢石板路似地走向前。

漆黑的棒子在黑色大衣底下發出聲音搖晃。

黑杖（Black Rod）。

冒險者們似乎是靠晃動聲認知到他的存在，而不是憑藉他這個人。

「很遺憾。」

這是真心話。很遺憾，運氣不好。那個叫羅丹的傢伙。他發自內心覺得。

八隻眼睛朝向亞爾瑪斯，四道視線刺在他身上。

那帶刺的視線令伊爾瑪斯突然補上一句：

「兩位都是。」

冒險者基本上是由六人組成一個團隊。

其他地方他不知道，不過對伊亞瑪斯而言是這樣沒錯。在這座城鎮亦然。

石造祭祀場的冒險者——除去伊亞瑪斯——卻只有四個人。

很遺憾，運氣不好。竟然兩位同伴都復活失敗。

僅此而已。

「費用的話，就收取從迷宮回收的那兩位的裝備及金錢的一半吧。」

「在這種時候還跟我們要錢……!!」

伊亞瑪斯認為這沒什麼好奇怪的，那名冒險者卻並非如此。

強壯戰士的拳頭抓住伊亞瑪斯的領口，使勁揪緊，將那纖瘦的身體拎了起來。

並未造成太大的傷害(Damage)，可是他不喜歡這種喘不過氣的感覺。

「沒必要這麼激動吧。」

所以，伊亞瑪斯煩躁地、極度不耐地用微弱的聲音嘟囔道。

「只是變成了灰而已。」

又沒有失去靈魂。他沒有要安慰人的意思，僅僅是在陳述事實。

「你這傢伙……!!」

不過，戰士似乎聽不進去，舉起拳頭。

伊亞瑪斯茫然地看著他的拳頭移動，歪過頭——

「住手！」

充滿威嚴的聲音於祭祀場響起，揮下來的拳頭頓時停止動作。

不是魔法。但那句話跟擁有真實力量的話語相同，確實魄力十足。

聲音的主人是一名女性。年輕的少女。覆蓋全身的修女服也掩飾不了她的女性特質及美麗。

從頭巾（Wimple）底下滑落的銀白色髮絲的縫隙間，露出一截長耳。

艾妮——艾妮琪修女是精靈。

侍奉聖堂神明的那名少女，環視冒險者們說道：

「死亡不是獲許進入神明的城市，結束美好人生的證明嗎！」

看見戰士的臉色由紅轉白，伊亞瑪斯心想，這根本是在火上澆油。

「妳的意思是……他們兩個死不足惜嗎!?」

「好好地活著，好好地死去。不是很正常嗎？沒人改變得了這個事實。」

「他們變成灰了喔!?不對，是你們害他們變成灰的！因為復活失敗——」

「並沒有失敗！」

艾妮大聲說道，斥責這個說法。然而，戰士如何能夠接受呢？

他齜牙咧嘴地逼近她，彷彿要伸手抓向神官苗條的身軀。

「那他們為什麼會————！」

「神說，他們的人生已經發揮所有的價值，不復活也無妨！」

是一件好事。被面目猙獰的戰士瞪著，艾妮依舊誠心相信。

連探索過「迷宮」的冒險者，看見那沒有一絲惡意、溫和驕傲的微笑，都嚇到了一瞬間。

「當然，神明允許將死亡時間推遲。前提是他們值得繼續活下去……」

艾妮將其他人的錯愕視為願意聽她說教，高興地瞇起眼睛。

「想讓兩位復活，必須證明他們的生命可能有更多價值……否則神明不會同意。」

意即——向神明捐獻更多的金錢。

得告訴神明，這個人活著會產生更多價值。

復活所需的金額高昂，代表神明認為那個人的生命是有價值的。

而這有什麼好不高興的？艾妮好像無法理解——

「你們這些該死的『偽善者』……！」

最後，那名戰士選擇吐了口口水破口大罵，衝出寺院的祭祀場。

他粗魯地打開門，發出「砰！」一聲巨響摔上它。

「哎呀！」

艾妮氣得長耳及眉毛倒豎，伊亞瑪斯則在旁邊呆呆看著。

那名戰士差點對他動粗，伊亞瑪斯卻沒有要制止的意思，也沒那個必要。

不過，幸好這場騷動落幕了。他不太想浪費時間。

「……抱歉，伊亞瑪斯。」

伊亞瑪斯轉頭望向呼喚他的矮人。同樣是戰士，是剛才那名戰士的同伴。

是偶爾會在酒館遇到的點頭之交，沒講過幾句話。名字也不記得。

羅丹這個人也是因為剛才那名戰士叫了他的名字，他才知道那人叫羅丹。

重要的情報只有力量(Level)、職業，施法者的話再加上會用的法術。

因此伊亞瑪斯陷入沉默，想了一下該如何稱呼這名矮人。

矮人似乎將這陣沉默往好的方向解釋，像在辯解似地說道：

「我們少了兩位夥伴。他心情尚未平復……並不冷靜。」

「沒關係，我不介意。」

伊亞瑪斯真的一點都不介意。

前衛戰士倖存下來，名為羅丹的魔法師和另外一人——是僧侶嗎？——死了。

八成是遭到奇襲(Back Attack)。陣形亂掉，後衛被殺。

他們急忙丟下屍體逃跑。拜託他回收，然後沒能成功復活死者。

失去了夥伴及金錢，得費一番苦心才能重建隊伍，探索進度也會嚴重落後吧。

「不能怪他無法保持冷靜。可是……反正現在的攻略進度也停滯不前。」

不會落後最前線的隊伍，用不著著急。

伊亞瑪斯說出安慰人的話。矮人一語不發。所以，他接著說道：

「話說回來，結果……我拿得到錢嗎？」

很重要。卻也稱不上重要。

「拿不到我也不會怎麼樣，頂多就是下次找到你們的時候不回收。」

「那我們會很頭痛。」

矮人愁眉苦臉地從鼓起來的懷裡拿出裝滿金幣的袋子。

「抱歉，若你找到我們，可以幫忙撿一下嗎？」

「知道了。找到的話我會這麼做。」

伊亞瑪斯毫不客氣地收下那筆錢，收進大衣內側。

金幣的重量令人心安。至少錢在大部分的情況都能派上用場。

「再見。」

「嗯。」伊亞瑪斯點頭，補充道：「幫我跟他說一聲，別那麼沮喪。」

矮人與夥伴一同離去，沒有回答。

大門跟剛才截然不同，靜靜開啟，腳步聲響起，再度關上。

石造祭祀場只剩下伊亞瑪斯和艾妮琪兩人。

淡淡的灰燼氣味傳來，艾妮用非常沮喪的語氣咕噥道：

「……他為什麼要生氣？」

「因為復活失敗了吧。」

「並沒有失敗！」

艾妮轉過身，頭髮於空中飄揚，用美麗的眼眸看著他。

「不是的。神認為他們已經活得很精采了，沒必要重新來過——」

氣呼呼的艾妮給人一種十分幼稚的感覺，跟精靈這個種族形成反差。

不對，聽說現在這個時代，就算是精靈或矮人，壽命也跟人類差不了多少。

魔法逐漸從世上淡出，這段時間，妖精也成了與人類並無大異的生物。

時至今日，頂多只比人類敏捷一點、美麗一點、強壯一點。

而那些微的差異，對伊亞瑪斯來說無關緊要。

他知道，差異遲早會在潛入「迷宮」的過程中消失殆盡。

「再說！」

艾妮的聲音變得更加高亢，如同豎琴的音色。

「我還記得伊亞瑪斯先生尚未對神證明自身的價值！」

「我很感謝妳幫我復活。」

伊亞瑪斯冷靜陳述沒有半分虛假的真心話。

「不過，被迫復活這件事的責任，不該由我背負。」

「你之所以能像現在這樣抱怨，也是因為神認可了讓你繼續活下去的價值。」

哼哼。艾妮隔著修女服雙手扠腰，挺起胸膛，凸顯出胸部的曲線。

「既然如此，你就必須向神證明更有價值的人生！」

「也就是說，要我去回收屍體嗎？」

這件事本身是無所謂。

將不認識的冒險者的亡骸搬回地面，是伊亞瑪斯的日常。

拿走他們身上的金錢或裝備，也是理所當然。

因為只要他們不復活，那些東西就再也用不到。

有時候也會像這次一樣，接受其他冒險者的委託回收屍體。

收取報酬，向寺院捐獻復活的費用，他都不介意。

然而——

「我是冒險者，不是回收店。」

伊亞瑪斯彷彿在跟自己確認，緩緩吸氣。

然後將每天都在默背的話語，隨著呼吸順暢地吐出口。

「有可能認識我的人被送到這邊嗎？」

「很遺憾，沒有。」

艾妮琪修女也用一如往常的口吻，說出一如往常的回應。

「老實說，我勸你最好不要太期待……」

「在找到夥伴前都不能停下。否則沒辦法繼續前進。」

語畢，伊亞瑪斯也朝祭祀場的大門邁步而出。

背後傳來艾妮琪為他祈禱平安的輕柔聲音。

他感激地收下，打開門，走出去，關上門。

自己開關門的時候，發出了什麼樣的聲音？腦中忽然浮現疑惑，不過這個問題並不值得思考。

從寺院來到戶外，耀眼的陽光從藍天灑落，刺進伊亞瑪斯眼中。

他不悅地瞇細雙眼，感覺到習慣黑暗的眼球深處在隱隱作痛，向前邁步。

那裡是地上鋪滿石板，把什麼東西都往狹窄的小巷裡面塞的都市狹縫。

不只這條道路。

這座城塞都市、試圖將世上的萬物塞進去的城鎮，全是如此。

為了掩蓋恐怖的東西，人們收集了一切，所以這也是理所當然。

唯一的例外是城外的——一個大洞。

「喂，你們看。」

「是伊亞瑪斯啊……」

「黑杖的伊亞瑪斯……」

「挖屍體的。」

「該死的蛆蟲……」

「聽說他是不小心被人復活的？」
「運氣真好。可惡的傢伙。」
「他說他沒有以前的記憶，不知道真的假的。」
他聽見走向那裡的行人，也就是冒險者們在念念有詞。
無所謂。
那些事跟要進到「迷宮」深處，半點關係都沒有。
伊亞瑪斯突然覺得風裡混入了灰燼的氣味，微微一笑。
那股氣味跟雨後的小巷很像，十分懷念，令人心曠神怡。

*

古代。
人們忘記古代有那種東西，不曉得過了多少歲月。
沒有任何人知道它的存在，某一天，那東西突如其來地重新出現。
「迷宮（Dungeon）」。
力量如同字面上的意思，從忽然貫穿大地的魔穴之中滿溢而出。

位於地底深處，永無止境的「迷宮」內部，滿是財寶及怪物。

自告奮勇的勇者、英雄、聖女、賢者等聲名顯赫的強者，當然接連前去挑戰。

遍布世界的邪惡之徒也伸出魔掌，企圖將「迷宮」納入囊中。

最後通通被「迷宮」吞沒，消失不見。

傳說中的勇者的後代、將一生奉獻給鑽研魔法的大賢者、村裡魯莽的年輕人。

——在「迷宮」裡面人人平等，全是最底層的弱者。

「迷宮」是什麼，無人能知。

能確定的只有兩件事。或是一件事。

「迷宮」內部沉睡著大量的財寶，其中潛藏超出人類想像的力量。

「迷宮」內部滿是會襲擊人類的食人怪物，以及致命的陷阱。

意即——「迷宮」是人類的智慧無法理解，徹頭徹尾的異界。

人們將「迷宮」視為危險的領域，避之唯恐不及。

不過，「迷宮」的產物在各種意義上，對各種人來說具有吸引力。

追求財富、名聲、功勳，或者除此之外的其他，挑戰「迷宮」的人絡繹不絕。

經歷無數次的死亡，跨越危險，獲得財寶，慢慢適應「迷宮」。

不久後，人們將他們稱為——「冒險者」……

*

老舊、散發霉味、被所有人遺忘的「迷宮」的——地下一樓。

踏入現在有眾多冒險者往來的那個地方的瞬間，伊亞瑪斯並不討厭。

他也並不討厭獨自走在本來應該要六人一組進入的「迷宮」中。

「好了……」

伊亞瑪斯瞪著以異常工整的石塊蓋成的「迷宮」。

石造建築物，放眼望去盡是毫無變化的景色——據其他人所說，「迷宮」內部看起來是這個樣子。

而在他眼中，是一片黑暗及延伸至前方的無數白線。格子狀的「迷宮（Dungeon）」。

那一塊區域的範圍——究竟有多大，伊亞瑪斯不知道。

沒有人知道。

有人說只有短短幾步。有人說跟街道的一個十字路口一樣長。也有人說是一條街的距離。

在「迷宮」裡面，所有的感覺都不能信任。時間和距離亦然。

因此，伊亞瑪斯是這樣想的。

——地圖上的一格。

除此以外什麼都不是。

對伊亞瑪斯而言，是走過很多次的場所。該在何處如何行走，他熟記在腦海。

他卻按照習慣，從大衣內側拿出一疊方格紙，捲起來。

「今天要下到哪一層，真讓人煩惱。」

在「迷宮」裡單獨（solo）行動，當然不是正常人會做的事。

然而——**前提在於目的是要攻略迷宮**。

慎重前行的伊亞瑪斯前方，是一扇已經被人踹破的門。

他躡手躡腳從縫隙間踏進墓室，聞到淡淡的血腥味。

屍體——有。不是冒險者的，是被砍死的怪物。

「歐克……嗎？」

看似人形生物的屍體，是擁有豬隻般的醜陋面容的惡鬼。

兩、三具歐克的屍體亂七八糟地倒在蓋子被打開的寶箱旁邊。

每具屍體上都布滿離致命傷相去甚遠的傷痕，推測戰鬥拖了很長一段時間。

「看來是新人。」

一眼看出這件事的伊亞瑪斯跨過歐克的屍體，不怎麼感慨。

在「迷宮」裡面，歐克目前是強度倒數階級的生物。

當然，「迷宮」內部的生態系中，位於最底層的是人類。

從這個角度來看，歐克稱得上是駭人的威脅——連他都無法擊倒，根本活不下去。

沒有人戰死，至少沒有拋下夥伴的屍體逃跑，還算值得讚許。

「……嗯？」

不過，伊亞瑪斯蹲到地上，仔細檢查上一秒才跨過的歐克屍體。

——唯有命中要害的傷口……

特別精準，還很銳利。跟其他傷痕比起來，無疑是熟練的刀法。

——算了，並不稀奇吧？

經驗豐富的老手率領新人潛入「迷宮」。沒什麼好驚訝的。

伊亞瑪斯調查了那道傷痕一段時間，滿意地起身，緩緩邁步而出。

目標當然不是緊閉的門。他沿著地上的足跡，前往門被人踢開過的墓室。

綿延不絕的通道及墓室，與負責看守的怪物跟沉睡其中的財寶。

數量無限，同時也有限。

聽起來互相矛盾，但這是事實。

「迷宮」是有盡頭的。怪物、財寶也不會源源不絕地湧出。

有人殺掉怪物、奪走財寶，短時間內就不會再出現。

而一間墓室會有一群怪物，這也是「迷宮」的法則。

意即——已經有人攻略過的「迷宮」是安全的。

——安全嗎？

思及此，伊亞瑪斯輕笑出聲，應該要加上「相對安全」這句但書。

有在路上徘徊的怪物，也有陷阱。更重要的是，要放棄寶箱及功勳。

如此一來才總算能確保微不足道的安全——儘管這麼一點安全在「迷宮」中顯得彌足珍貴——說來還真是可笑。

而伊亞瑪斯在黑暗的「迷宮」內四處徘徊的目的，現在只有一個。

冒險者的屍體。

不久後——伊亞瑪斯在十字路口的數個區塊前停下腳步，屏住氣息。

他貼在道路的牆壁上，蹲下來緩慢向前移動。

伊亞瑪斯已經聽見那個聲音。腳步聲，金屬聲，複數，在往這邊接近。

「GORROOGG……」

「GROOWL……」

溼潤的鼻尖突然從轉角冒出。狗嘴。穿著鎧甲，是狗頭人。

三隻狗頭人像在抱怨般嘰嘰呱呱地說著話，於「迷宮」內列隊漫步。

會過來嗎？伊亞瑪斯握住大衣底下的武器，瞪視黑暗。

腦中浮現「迷宮」的地圖。離自己最近，方便逃進去的墓室。路線。

要是免不了一戰，在哪裡戰鬥會比較有利？

大量的知識瞬間閃過腦海時，狗頭人的腳步聲已然遠去。

伊亞瑪斯靜靜吁出一口氣。

——是時候了。

那是沒來由的直覺，也就是第六感，基於經驗得出的結論。

遇到在路上徘徊的怪物，代表「迷宮」裡發生了什麼事。

伊亞瑪斯從口袋拿出用繩子繫住古代金幣做成的道具，扔到路上。

金幣在地面上彈起、滾動、停止，沒有異狀。他拉動繩子，前進一個區塊。

伊亞瑪斯將這個道具命名為「爬行金幣（Creeping Coin）」。

怪物、陷阱——旋轉地板和落穴，以及冒險者丟掉的不明物品（Item）。

這個「爬行金幣」會幫忙找出不特定多數帶來的威脅。

怪物會撿金幣，金幣會代替他觸發地板的陷阱。比揮動木棍更輕鬆、簡單。

會在地上彈跳的平凡無奇金幣，正是伊亞瑪斯探索過程中的唯一旅伴。

所以，他不怎麼寂寞。

＊

——沒有屍體啊。

伊亞瑪斯冰冷的咂嘴聲，於「迷宮」內輕聲響起。

令他不悅的並非沒找到屍體，而是腦中只想著找屍體的自己。

在那之後，伊亞瑪斯穿過數間墓室，不斷前行，彷彿在撿拾前人留下的麥穗。

結果一無所獲。

沒找到屍體，因此當然不會有收穫。只找到怪物的屍骸。

「『卡夫阿列夫（尋找喪失生命）　努恩（之人）　達魯伊（的氣）』……嗎？」

他唸出不會使用的法術（定位），當然沒有效果。只能靠這雙腿去尋找。

他不介意付出勞力。跟平常一樣，不成問題。

儘管如此，下意識去在意沒找到屍體，令伊亞瑪斯感到不快。

進入「迷宮」，無意義地走了一整天，離開「迷宮」。隔天繼續。

不能對這個過程不耐煩，因為那才是他的日常。

理應如此。

——搞得我真的像個屍體回收店。

是艾妮琪修女的碎碎念所致吧。伊亞瑪斯緩慢搖頭。

眼前是一片燒焦的痕跡。

沒錯，燒焦了。墓室的地面燒成焦黑。

伊亞瑪斯很清楚，地面肯定還殘留著熱度。

他也很清楚這不是魔法所致。

遍布整個房間的爆炸痕跡，從墓室中央朝四面八方放射狀擴散。

火焰與衝擊，以及熱氣。足以致死的威力。

不會有人在地下一樓用這種法術。

地下一樓的怪物沒那麼聰明，若有術士能夠使用這種法術——

——照理說會保留著，不會用在這種地方。

就算對付弱小的怪物再麻煩不過，也不會有人蠢到祭出珍貴的高階法術。

魔法師的腦袋裡面，能容納具有真實力量的話語的空間，一直是有限的。

會浪費法術資源的人很快就會沒命——假設是練手好了，地下一樓的這個地方位於深處。

既然如此，答案只有一個。

——中了炸彈陷阱嗎？

恐怕是。這個詞經常要加在前面。恐怕是在打開寶箱時失誤了。

不曉得是盜賊出了差錯，還是在前面的探索過程中麻痺了，卻硬要打開寶箱。

這裡還不會出現會用麻痺或毒的怪物，可是地下一樓也有毒針或麻痺毒的陷阱。

負責開寶箱的盜賊中了陷阱，還堅持繼續探索，是新人常犯的失誤。

——說是失誤，也只是我單方面這麼認為。

想彌補損失，只要再前進一段距離，即使要背負些許風險，中一次大獎就能挽回一切。

歸根究柢，「迷宮」本身就是這樣的場所。人們十分明白，挑戰那裡多少會伴隨危險。

不過總而言之，結果只有一個。炸彈爆炸了，損失嚴重。

沒看到屍體，可見那些人應該沒有全滅，也沒有拋下屍體，而是從「迷宮」撤退了。

或是——選擇繼續探索？

——不會吧。

有那名劍技精湛的冒險者同行，應該不會發生那種事。

伊亞瑪斯認為思考這些問題不符合自己的作風，穿越墓室。

然後按照慣例，將拿在一隻手中的「爬行金幣」扔向地面。

金幣發出清澈細微的聲響於走廊上彈跳。接著——

BEEP！　BEEP！　BEEP！　BEEP!!

「……！」

伊亞瑪斯立刻蹲低身子，擺好架勢，望向四方。

警報（Alarm）。發出刺耳聲音的那東西，是「迷宮」的陷阱之一。

會引來怪物。雖然不知道他們的主人是誰，結果都一樣。

中陷阱的冒險者有兩個選擇。逃跑，或者戰鬥。不可能逃得掉就是了。

——不是這間墓室。

然而，伊亞瑪斯冷靜地察覺到這件事，是隔著幾面牆壁的另一邊。

他迅速收回金幣，貼在墓室的牆上側耳傾聽。

萬一怪物會經過這間墓室，在路過時順便襲擊他就糟了。

喀嚓喀嚓的鎧甲碰撞聲。怒罵聲。慘叫聲。怪物的咆哮。那些愚蠢的冒險者

在——

——這邊嗎？

伊亞瑪斯以如同黑影的慎重動作，於「迷宮」中潛行。

他穿過一、兩間已經打開的墓室，馬上發現了。

是血。

燒焦的肉與燃燒的鮮血的氣味。意即——中了炸彈陷阱還硬要往裡面走，結果觸發了警報嗎？

蠢貨。伊亞瑪斯不帶情緒地嘀咕道。有能幹的戰士陪同，還落得這種下場。

在第四間墓室，伊亞瑪斯總算找到他的目標物。

「OINK！OINK!!」

「WHINNY……！」

有三隻，不對，是四隻人形生物——歐克。他們拿著武器嚷嚷著。

長得像雙足站立的豬，在「迷宮」是最底層的怪物。

不過比人類更強，跟豬一樣。

倒在他們腳邊的屍體，正是伊亞瑪斯要找的東西。

八成是本來就因為炸彈及戰鬥消耗了不少體力，又冒出一群歐克。

遭到斧頭及棍棒圍毆的那群人，任誰來看都已經沒有呼吸。

各自攜帶不同的武器，身上的裝備燒焦了，卻沒什麼傷痕——總共有五個人。

——五個人？

就在伊亞瑪斯覺得不對勁的時候。

「woof……！」

聽起來像小狗的尖銳吼聲，從屍體堆中傳來。

那是——髒得有如穿著一條破布，矮小瘦弱的冒險者。

將全身罩住的大衣下，是快要腐朽的皮甲。手上的劍也只是普通的長劍。

翹起來的油膩頭髮從兜帽底下露出，在伊亞瑪斯眼中是一名少年——不，一隻野狗。

那隻野狗的脖子上，戴著恐怕比其他裝備加起來都還要值錢的粗糙項圈，從項圈延伸出來，沒有多少長度的鍊子，跟其中一具屍體的手腕連接在一起。

「ｇｒｏｗｌ……!!」

因此，冒險者無法自由行動，只是拿著劍吠叫。

敢靠近就砍了你們——冒險者一副要發動攻擊的態度，可惜不會有人害怕戴著項圈的野獸。

或者也有可能是歐克的智商沒那麼高，因為他們頂著一顆豬腦袋。

「ＯＩＮＫ!ＯＩＮＫ!!」

他們從四方包圍戰士，指著戰士嘲笑，粗俗地嗤之以鼻。

應該是在說今天的晚餐鮮度不錯吧。

戰士拉著鎖鍊，在動作受限的情況下揮舞長劍。

咻一聲斬裂「迷宮」瘴氣的劍閃，既銳利又快速。

可惜半點活力都沒有。

白刃擦過豬鼻的鼻尖，歐克瞪大眼睛，嚇得向後退去。

僅此而已。

「ＷＨＩＮＮＹ……！」

其他歐克立刻開始嘲笑害怕這位倖存下來的冒險者的同伴。

受到嘲笑的那一隻無法忍受。他舉起手中的棍棒，低吼著要同伴仔細看好。

之後的命運顯而易見。歐克們會多製造一具屍體吧。

五具還是六具，差異不大。所以——

「『赫亞（火焰）　萊（啊）　塔桑梅（來吧）』。」

伊亞瑪斯低聲說道，將於指尖亮起的火焰扔向空中。

紅黑色火焰啪一聲炸開火花，沿著鎖鍊蔓延，瞬間將其融化。

在「迷宮」外面稱得上絕技的祕術，在「迷宮」裡面僅僅是「小炎（哈利特）」的程度。

「!?」

「ＯＩＮＫ!?」

豬頭們倉皇失措。戰士的視線射穿伊亞瑪斯。是一對清澈的藍眸。

「愛怎麼做就怎麼做吧。」

「ａｒｆ!!」

回應是一聲吠叫。野狗化為猛犬，咬斷眼前的獵物的喉嚨。

豬群放聲哀號，鮮血慢了幾秒噴出，消失在「迷宮」的黑暗中。

歐克吐著血倒地，脖子勉強跟身體連接在一起。

僅僅一擊就奪走敵人性命的戰士，接著撲向下一隻獵物。

拿著劍直線衝刺的動作，絕非能夠以劍術稱之的精湛技藝。

但它迅速、銳利，並且致命。

「MOAN！？！？」

「SQUEAK！！！？！？！！！？」

兩聲、三聲，豬隻發出死前的慘叫。

拜其所賜，幸運活到最後的那一隻，總算明白同伴斷氣了。

「OINK！OINK！」

面對令人絕望的困境，那隻歐克選擇逃亡。

他放聲哀號，滿臉都是眼淚、唾液、鼻水，跟祖先一樣用四隻腳連滾帶爬地奔跑。

伊亞瑪斯後退一步，讓路給從自己面前經過的怪物。

歐克看都不看這邊一眼，逐漸消失在「迷宮」的黑暗深處。

「Woof……!!」

宛如野狗的冒險者朝伊亞瑪斯吠叫，彷彿在譴責他。

「殺了又沒辦法積德。」

這句話是在指伊亞瑪斯、歐克，還是自己？冒險者似乎搞不清楚。

伊亞瑪斯對隔著大衣凝視他的人舉起雙手。

不知道這個意思有沒有辦法傳達給對方。

但就算伊亞瑪斯一步又一步拉近距離，那名冒險者也只是默默看著他。

對伊亞瑪斯而言，這樣正好。

他著手將差點變成碎肉的幾具屍體，塞進帶到這邊的布袋。

包括他們的裝備及行囊。帶回去可以賣錢。增加一些重量不成問題。

——前提是他們是冒險者。

在這個過程中，伊亞瑪斯看見融化成淡黃色的鎖鍊碎片，不屑地哼了聲，一腳將它踢開。

八成是將剛來到鎮上的年輕人洗劫一空，拿來利用的傢伙。

在酒館後面把人扒光後，運氣好的話——還是該說運氣不好的話？——能拿來當成肉盾。

他們一直只派肉盾上前戰鬥，沒有累積經驗，才會淪落至此。

——會有人想復活這些傢伙嗎？

可是寺院不會對死者有差別待遇。只要把屍體搬到那邊，艾妮就會高興地迎接，幫忙保管吧。

伊亞瑪斯瞥了盯著這邊的冒險者一眼。

「想幫他們復活的話，帶錢去寺院就行。」

「ｇｒｏｗｌ……ｌ？」

這句話的意思有沒有順利傳達，對他來說無關緊要。

伊亞瑪斯因為陷進肩膀裡的繩子的重量咬緊牙關，拖著屍體邁步而出。

因此，就算背後傳來噠噠噠的腳步聲——他也沒有放在心上。

*

「那傢伙是廚餘(Garbage)耶，密芬（註1）！」

伊亞瑪斯吃著狀似灰泥的粥，聽見這句話，心不在焉地抬起頭。

腋下抱著龍頭頭盔的騎士——不是君主(Lord)，是戰士(Fighter)。

金髮碧眼，威風凜凜的美男子，在各種意義上來說跟這間酒館顯得格格不入。

畢竟這間「杜爾迦酒館(Tavern)」是冒險者的聚集地，不是騎士該來的地方。

註1　出自《巫術》系列中的武士角色Mifune，本來是三船ミフネ，但外國玩家用英文念法就變成了ミフューン。

再說，騎士這個頭銜在這座「迷宮」裡面一點用都沒有。

各國意氣風發地不停派出軍隊、騎士團過來，最後全被「迷宮」吞沒，消失不見。

知道那悽慘的下場，仍然坦蕩蕩地自稱騎士的怪人並不多。

而那稀有的自由騎士之一，就是這位名為賽茲馬的男子。

伊亞瑪斯對賽茲馬投以懷疑的目光，將手中的湯匙扔進裝粥的盤子裡。

「別用那個綽號叫我。」

「噢，我都忘了，抱歉抱歉！可以坐你旁邊吃飯嗎？」

「如果你不怕屍體，我是無所謂。」

「死了有什麼好怕的？」

「說得對。」

不過，在堆成一座小山的屍袋旁邊吃飯的伊亞瑪斯，實在沒資格說這句話。

說起來，伊亞瑪斯從未介意過賽茲馬的家世。

他是善良的騎士，擁有強大的力量（Level），這樣就足夠了。

「喂——給我麥酒和肉！烤野豬腿！還要馬鈴薯！」

「那幾位名人（All Stars）呢？」

伊亞瑪斯側目看著剛坐到圓桌前就點了一堆東西的賽茲馬，舀了一匙粥送入口中。

「分頭吃飯去了。」

賽茲馬咧嘴一笑，把鐵盔放到桌上，抬起那稜線分明的下巴。

「對了，你……在跟廚餘（Garbage）組隊嗎？」

「arf？」

坐在伊亞瑪斯和賽茲馬對面，有如一塊破布的冒險者叫了聲。

把臉埋進盤子裡狼吞虎嚥的模樣，儼然是一隻狗。

雖然現在拿下了兜帽，那頭翹得亂七八糟的頭髮，也讓人想到小狗。

「是他自己跟過來的。吃飯的期間他一直盯著我看，所以我才餵他吃飯。」（註2）

伊亞瑪斯邊說邊撕下一塊黑麥麵包，泡進粥裡。

然後將剩下那塊麵包——

「……賈貝吉（Garbage）？」

「woof！」

扔給對面的人。

註2　伊亞瑪斯以為賈貝吉是男性，在解開誤會前都以男性的「他」看待。

「怎麼，你不知道啊。也是，你對其他活著的冒險者半點興趣都沒有。」

「那是你的偏見。」

伊亞瑪斯看向正在大嚼麵包的賈貝吉，跟著吃起麵包。

賽茲馬見狀，無奈地嘆了口氣。

「一般人都會覺得那不是正常的人名吧。」

「會嗎？」伊亞瑪斯說。「挺好的名字啊。」

畢竟不是只有一個字，伊亞瑪斯誠心這麼認為，薩茲馬卻沒有回答。

他默默咬下女侍送來的烤肉，舔掉手指上的油。

「這名字是有由來的。要聽嗎？」

「你願意說給我聽的話。」

「嗯，當然沒問題。」

據說——據說。賽茲馬再次強調——Garbage 是字面上的意思。

前陣子，在城鎮附近發現一輛奴隸商人的馬車遭到怪物襲擊。

並不罕見。

「迷宮」出現後，理應早已被人遺忘的怪物們，正在逐漸回歸。

貨物被怪物搜刮，吃得精光，橫屍遍野，在這樣的慘狀中——

「只有這孩子活了下來，沒有被吃掉。」

「yelp！yelp！」

不知道是聽不懂眼前這兩個人正在談論的對象是自己，還是對此沒有興趣。

賈貝吉專注地大口吃著理應不怎麼美味的粥。

沾到飯粒的脖子上，粗糙的項圈散發黯淡的光芒。

「總之就是個奴隸。聽不懂人話，跟野狗沒兩樣。找到他的人……」

「想拿他當用完就丟的肉盾，他卻存活至今。」

「所以我也聽過這號人物。」

「不會被怪物吃掉。怪物的廚餘(Garbage)嗎？」

早該命喪黃泉，卻活了下來。有名的冒險者大多是這樣。

——至少他挺幸運的。

伊亞瑪斯心想，總比被人扒光，帶到酒館後面打死來得好。

賽茲馬豪邁地灌下麥酒，喝得津津有味，用拳頭擦掉沾到嘴邊的酒。

「我還以為肯定是你買下來的，伊亞瑪斯。」

「我沒壞到會用錢買賣人口。」

「那你何不幫人家一把？」

「我也沒那麼善良。」

「中立、中庸嗎？」

「沒錯。」

伊亞瑪斯點頭說了這麼一句，簡單向賽茲馬說明今天的事情經過。

沒什麼好隱瞞的，但也不值得宣傳。是平凡的日常事件之一。

賽茲馬「喔」了聲，拿起麥酒，注視賈貝吉。

翹起來的頭髮配合稀里呼嚕的吃飯聲晃來晃去。

「維持均衡挺困難的。這是你獨創的修行方式嗎？」

「聽說殺招不要太俐落比較好，不過我也有可能只是沒想那麼多。」

伊亞瑪斯隨便胡扯了句，將最後一口粥塞進嘴裡，扔掉湯匙。

他站起身。椅子的動作令賈貝吉抬起頭來。

「小心點。」

賽茲馬連骨頭上的肉都啃得一乾二淨，低聲說道。伊亞瑪斯面露疑惑。

「小心什麼？」

「那孩子的團隊確實全滅了，可是冒險者氏族並未解體。」

氏族。聽見這個陌生的詞語，伊亞瑪斯笑了。冒險者最近好像會建立氏族。

為什麼呢？儘管明白那是冒險者集團的意思，他依然覺得十分可笑。

——比公會（Guild）好就是了。

伊亞瑪斯笑道：

「他自己要跟著我，我無可奈何。」

咚。賈貝吉跳下椅子。

他用破布擦著噴到臉上的飯粒。

伊亞瑪斯見狀，咕噥著補充一句：

「對方也不會管你是怎麼想的。」

「不關我的事。」

「說得也是。」

伊亞瑪斯表示贊同，抓住繩子，提起綁在一起的數個屍袋。

繩子陷進肩膀，要爬樓梯到二樓的旅館有點累人。

賽茲馬察覺他的意圖，揚起嘴角露出壞笑。

「喂喂喂，你打算跟屍體一起睡嗎？」

「既然已經死了，有什麼好怕的？」

「也是。」

伊亞瑪斯轉身就走。幾具屍體發出吵吵吵的聲音跟在後面。

「ａｒｆ！」

以及小小的吠叫聲和輕快的腳步聲。

「……不過……仔細一看，好像在哪看過那張臉。」

因此，賽茲馬最後那句自言自語，伊亞瑪斯並未特別留意。

＊

伊亞瑪斯打開他租的寢室的門，賈貝吉擅自跑進房內。

「……喂。」

「whine？」

他反射性叫住他，賈貝吉卻在房間角落跟貓狗一樣蜷起身子。

面不改色——一副理所當然的樣子，聽見他的呼喚，表情也沒有任何變化，彷彿在問「有什麼事嗎？」。

這間房間很小。比露宿郊外舒適得多。床只有一張。幾具屍體和兩位冒險者。簡單的計算。

伊亞瑪斯將屍體踢進房，大步走到賈貝吉面前。

「…………」

「yap!?yap!?」

他默默抓住賈貝吉後頸處的破布，把他拎起來，賈貝吉大聲尖叫。

伊亞瑪斯無視那如同小狗的抗議，將比想像中輕盈的身軀扔到床上。

「yelp!?」

「要睡去睡那邊。這裡是我睡的地方。」

「ｗｏｏｆ………？」

訝異的眼神。伊亞瑪斯哼了聲，坐到房間角落的地上。

他拿擱在旁邊的屍體當枕頭，賈貝吉「ａｒｆ」輕輕叫了聲。

「別介意。好了，快睡吧。」

伊亞瑪斯神色自若，賈貝吉便乖乖在毛毯上縮成一團。

──跟睡在馬廄一樣。

地上反而比床睡起來更舒服。睡在床上會有種變老的感覺。

等到他想在床上睡覺的那一天，就是不當冒險者的時候了吧。

堅硬、冰冷的地板，以及與屍體為伍的日常，都滲入了骨髓。

伊亞瑪斯打著瞌睡心想。

──「生前」，我一定一直都在幹這種事。

夢見了令人懷念的灰燼味。他有這種感覺。

＊

隔天。

人們紛紛遠離在烈日下拖著屍體走在大街上的男人，再正常不過。

如果是從「迷宮」回來的路上也就罷了——或者是，如果那個人不是伊亞瑪斯也就罷了。

「……」

當事人毫不在意。

對他來說屍體就是屍體，不會動（復活也好，不死者也罷）就無所謂。

硬要說的話，偶爾會占走行囊的空間。僅此而已。

離開旅館走在路上的伊亞瑪斯，腳步從來沒有停下過。

跟平常的差異只有一個。

「arf！」

就是小步跟在他後面的嬌小身影。

不過，廚餘——賈貝吉的存在，對伊亞瑪斯的形象影響並不大。

令人毛骨悚然的傢伙多了一個髒兮兮的冒險者跟著，沒什麼差別。

吵吵吵。嗟嗟嗟。窸窸窣窣。吵吵吵。嗟嗟嗟。窸窸窣窣。

拖行屍體的聲音和小狗般的腳步聲在合奏，伴奏是行人的竊竊私語。

抵達大街的岔路時，聲音戛然而止。

伊亞瑪斯緩緩回頭，跟蓋著大衣的賈貝吉四目相交。

「yap？」

賈貝吉歪過頭，伊亞瑪斯深深嘆息。

「……反正都要做事，屍體愈多愈好嗎？」

伊亞瑪斯喃喃說道。

他不再猶豫，彎過轉角。

目的地並非寺院。

而是「迷宮」。

帶著屍體，前往「迷宮」。順序不是反了嗎？太詭異了，莫名其妙。

「嘖，是伊亞瑪斯。真不吉利。」

「魔法師一個人帶著屍體進入『迷宮』？……噢，是要去送屍體嗎？」

「真希望他趕快復活完，離開這裡……」

──這座城塞都市，沒人會這樣想。

不打算捐款給寺院的冒險者，在「迷宮」對同伴施展復活的法術，稀鬆平常。

不是連復活費都湊不到的人，就是沒必要去寺院的高手。

不然就是要去跟無法在街上公開見面，戒律不同的冒險者的密會。

無論如何，靜謐又充滿清新空氣的儀式場和「迷宮」，復活成功的機率截然不同。

就算去低價委託會復活術的人──亡者成功回到現世的可能性不曉得有多低。

金錢、夥伴、時間……要如何排列它們的優先順序，端看冒險者自身的決定。
所以，沒有人對伊亞瑪斯將屍體搬進「迷宮」有意見。
沒有人——一個都沒有。

＊

伊亞瑪斯將屍袋扔向地下一樓，果斷地降落在其上。
他發出沉悶的聲響落地，旁邊是——
「ａｒｆ。」
跟著跳下來的賈貝吉，除了吠叫外半點聲音都沒發出。
看到賈貝吉靜靜站在「迷宮」的石板路上，伊亞瑪斯拋出一句話。
「真靈活。」
「ｂｏｗ！」
看來他很滿意這句稱讚。
聽見那氣勢十足的叫聲，伊亞瑪斯哼了聲，拖著屍體邁步而出。
往走道前進——不對。
目的地是地下一樓，等同於「迷宮」入口的墓室一角。
他靠著牆壁雙臂環胸，賈貝吉小步走到他前面。

「whine……？」

賈貝吉納悶地歪著頭，伊亞瑪斯望向他。

「不需要陪我喔？」

「arf。」

「是嗎？」

他並不是聽得懂他說的話。伊亞瑪斯將叫了一聲的賈貝吉晾在旁邊。

不久後——

「woof……!!」

低沉的吼聲自賈貝吉的喉間傳出。

黑影突然蒙上通往地面的豎穴，緊接著，陸續有人跳進「迷宮」。

「哦……」

對伊亞瑪斯而言，那些人既陌生又熟悉。

各自穿著不同裝備的六人團隊。

——是冒險者。

「來得還真慢。」

不，這樣說對嗎？這句話蠢到害伊亞瑪斯笑了出來。

在這座「迷宮」裡計算時間，一點意義都沒有。

說不定差了一分鐘。有時候也會等上一小時或一年。或一秒。

「把那傢伙交出來，伊亞瑪斯。」

回答他的是疑似隊長的戰士。

之所以判斷他是戰士，是因為那身裝備及氣質。再說，沒有戰士會不站在前排。

裝備粗製長劍及量產品皮甲的男人一開口，其他五人就跟著緩慢移動。

伊亞瑪斯用眼角餘光注意著逐漸排成戰鬥陣形的那群人。

昨天賽茲馬給予的忠告閃過腦海。

雖然他早就知道有人在跟蹤自己。

「spittttttt……！」

伊亞瑪斯心不在焉地想著這些事，賈貝吉在旁邊低吼。

冒險者瞥了兩人一眼，說：

「那傢伙的所有權是屬於我們的。」

「跟我說也沒用。」

伊亞瑪斯聳聳肩膀。

「鍊子不在我手上。」

「多說無益！」

「多說無益。」伊亞瑪斯微笑著說。「在『迷宮』裡面用不著特別說出來。」

自己八成也包含在這些人的目標之內。既然彼此的關係並不友好，豈有道理放過對方？

帶頭的男子用手指將劍鍔往上推的瞬間。

「howwwwwl!!」

賈貝吉大吼一聲撲向前，遭遇戰按照「迷宮」的慣例揭開序幕。

＊

冒險者嚴禁在街上使用法術、互相殘殺。

每踏進「迷宮」一次，就離非人類的領域更近一步的人一旦動武，會給所有人添麻煩。

畢竟——大多數的冒險者都還不能把「迷宮」當成自己家住。

因此冒險者在地上會極力避免跟主義、主張合不來的人扯上關係。

有這麼一條不成文的規定。

善或惡，冒險者遵守各自主張的戒律，組成團隊的最大理由。

假如不小心起了爭執，爆發衝突，下意識祭出兵器或法術，下場會是如何？

大部分的情況下，惹是生非的傢伙會被圍毆致死。

衛兵不成問題，因為冒險者會負責處理。

「……唉唷。」

「把他們包圍住！敵人只有兩個……!!」

對手直線衝過來揮下長劍，伊亞瑪斯在大衣底下用慣用的武器抵禦攻擊。

長靴在墓室的石板路上摩擦，他一面跟敵人保持距離，一面觀察戰場。

六對二。不——

——是三對一和三對一。

看來戰鬥大致上照著敵方的意思。

「growl……!!」

「呃啊!?」

「這傢伙……!」

賈貝吉的刀光四現，敵人哀號著噴出一點血。

然而，尚未有人倒下。他們善用數量優勢，巧妙地採取行動。

賈貝吉隻身衝進敵陣時，他們馬上從兩側殺向他，牽制他的行動。

受不了的賈貝吉轉身發出野狗般的吼聲，慢慢往兩側移動。

「woof……!!」

敵人無法接近自己，但自己也無法接近敵人。

不能隨心所欲行動的情勢，似乎對與野獸無異的精神造成相當大的負擔。

單純比劍技的話，這些人根本不是他的對手，但要是他因為心急而亂了方寸——結果很難說。

——由此可見，他們比歐克聰明。

伊亞瑪斯更正了認為他們是新人的評價，是活著離開「迷宮」兩、三次的傢伙。

算得上熟練的冒險者——至少在這座城市是這樣。

知不知道如何在「迷宮」內行走，其中有著巨大的差異。

可是，伊亞瑪斯也一樣。

「喝啊!!」

「唔……！」

他擋掉（Parry）一波接一波的攻擊，小心翼翼觀察敵陣。

只有傻子或新人，會在這座「迷宮」未經思考就對底細不明的人出手。

「別給他用法術的時間！」

「我知道！」

「其他人在搞什麼……！」

三人嘴上在嚷嚷，卻維持著最基本的團隊合作，伊亞瑪斯靈活地彈開襲向自己的劍刃。

他的武器和敵人的劍互相碰撞，火花於昏暗的墓室中閃現。被照亮的臉孔。敵人的裝備。

——魔法師呢？

在這麼暗的地方，看不出是男是女。種族也是。不過那不重要。

敵人有六個。那邊三個，這邊三個。那邊沒有術士。那麼後排呢？

有拿杖的人嗎？沒有。裝備比其他人更輕便的人呢？有，拿著短劍。是盜賊之流。

「快點去死啦……!!」

「……好。」

又一擊。他不斷抵擋（Parry）攻擊，使勁躍向後方。

看到伊亞瑪斯的動作，高舉著劍的冒險者瞪大眼睛吶喊：

「休想用法術……!」

帶頭的戰士直線殺向他，大概是判斷情勢刻不容緩。

「去死吧，魔法師——!!」

清脆的聲響瞬間響起。

伊亞瑪斯深深蹲低。鮮血四濺，墓室的石牆被抹上暗紅色。

「我不記得我說過我是魔法師。」

戰士的頭被砍下來了。

墓室充斥襲擊者們的騷動聲，失去脖子以上的部位的身體頹然倒地。

「什、麼……!?」

——致命一擊(Critical Hit)。

使出這一擊的，只是一把刀。

伊亞瑪斯手中的——黑杖，從刀鞘拔出的——纖細的——

「騎兵刀(Sabel)……!?」

「是**刀**(Katana)沒錯。」

伊亞瑪斯宣言道。拔刀術，而且是單手揮刀。不是一般的招式，技術純熟。

然而，那句話和現實，對於連動腦理解的意思都沒有的人來說，有著不同的意義。

「growl!!」

因為賈貝吉不可能放過短短一瞬間的驚愕造成的破綻。

他壓低姿勢，彷彿要用四肢在石板路上奔跑。嬌小的身影俐落地躍入敵陣。

揮下去的劍軟弱無力，雜亂無章。

但那恐怕是能讓他的身體活動得最順暢的動作。

賈貝吉的劍成了他的牙，儼然是蹲低身體咬斷敵人喉嚨的野狗。

「嗚呃!?」

「啊!?」

「嘎啊……!?」

劍刃左右轟鳴。三聲慘叫，屍體也多出三具。

在「迷宮」裡面鍛鍊出來的，是超出常人的專注力（HP），而非生命力。

人被劍砍中就會死，無一例外。

「嗚、啊、啊、啊……!?」

剩下兩人。

站在伊亞瑪斯面前的最後一名戰士，以及手拿短劍待在後方的盜賊。

兩人的反應互為極端，也就是分成燃起鬥志的那一方，和嚇得不知所措的那一方。

「看、招……!」

發動攻擊的是戰士。年輕，率直，兩眼炯炯有神，求生欲強烈，是優秀的戰士。

伊亞瑪斯站上前。

這個人的劍術，跟他所知的劍術是由截然不同的理論構成的。

隔著鐵盔重擊敵人，瞄準甲冑的縫隙，精準使出致命一擊的劍術。

嘲笑他只是在憑蠻力揮劍的人，肯定會在第一次交鋒時就丟掉小命。

因此，伊亞瑪斯不會笑他。

他沒有蠢到跟敵人正面交鋒，而是側過身子，稍微從對手的攻擊軌道上移開。

他從劍刃下方逼近敵人，空手靜靜伸向刀柄，放在其上，以行雲流水的動作握住。

銀光於空中描繪出巨大的圓弧。

擦過石板路由下往上砍的劍閃，將戰士的雙臂一分為二，砍飛到空中。

敵我的初速及臂力組合在一起，方能成就的一擊。

「嗚啊啊啊!?」

斷掉的手臂血流不止，戰士嚇得向後退去。

他睜大眼睛。臉色鐵青，看得出在迅速刷白。

不過，地上也就算了，在「迷宮」之中，這種程度算不上致命傷。

「達魯伊　桑梅辛（生命的力量啊）」。只要唸出這句咒文，傷口就會瞬間癒合，手臂也會接回去。

——前提是有會使用「治療（迪奧斯）」祝福的僧侶。

在地上被當成稀世聖人的聖職者，在這裡只是擁有最基本力量的僧侶。

連僧侶都沒有的團隊，註定迎接悲慘的下場。

在地上是足以名留青史的劍士劍豪，在這裡只是平凡的戰士。

失去手臂，痛得說不出話的這名戰士也好，倒在地上的其他人也罷，只要離開「迷宮」──

「如果辦得到，就不會那麼辛苦了。」

「啊──」

伊亞瑪斯微微一笑，慈悲地拿刀刺進戰士的喉嚨，給他最後一擊。

剩下一人。

「嗚……!?」

是個一臉驚恐的小鬼頭。

擔任盜賊的年輕人，親眼看見其他戰士當著他的面全滅的過程。

或者是因為他的職業要求的是敏捷性，單論動作的話，他比其他戰士懂得更多。

他的身體抖個不停，看起來狼狽不堪，終於採取行動。

「嗚、哇啊啊啊啊啊啊啊……!」

落荒而逃。

奔跑，衝向通往地面的梯子，攀爬。燃起求生欲。伊亞瑪斯瞇細雙眼。

「ｗｏｏｆ……!!」

「等等。」

賈貝吉正準備撲向盜賊的背時，伊亞瑪斯用手掌擋住他的鼻尖。

他並不是看他可憐才想放他一命就是了。

「ｙｅｌｐ！」

賈貝吉不滿地抬頭看著他。被大衣遮住的藍眼，亮起火焰般的光芒。

答案很簡單。

「要是他們全滅，會沒人出復活費。」

伊亞瑪斯有五成的把握會再見到那個小鬼頭。

從「迷宮」離開？逃跑？

正因為無法離開，才是冒險者。

冒險者就是那樣的生物。

——而且，成果夠豐碩了。

他將刀刃夾在腋下，擦乾鮮血，把刀收進形似黑杖的鐵製刀鞘中。

藏在大衣底下的黑色鎧甲、東洋風的服裝，風格都跟那把刀完全一致。

每個人都一樣，他也是，那些傢伙也是，這個廚餘也是，差異不大。

誰在「迷宮」裡遇到了什麼事，不會有人在乎。

會在乎的只有他送屍體進去的寺院的僧侶，艾妮琪修女八成會高興不已。

——或是倖存的同伴。

伊亞瑪斯將剛砍死的冒險者的亡骸踢進空屍袋，沒有一絲躊躇。

想到得獨自把這些東西搬到地上，他嘆了口氣。

接著想到在旁邊抬頭盯著自己的藍眸，他又嘆了口氣。

伊亞瑪斯開口問道：

「今天也要吃晚餐嗎？」

「Ａｒｆ！」

第二章
拉拉伽

狂風呼嘯，有如亡者死前的哀號。

略顯汙濁的鉛灰色天空下，風砸在聳立於荒野的城牆上，一命嗚呼。

那裡有一座城市。

由石塊堆砌而成的城牆，以及牆內的街道。

過去存在於這塊土地的部落，名字早已被人遺忘。

如今只要提到「迷宮」之城，人人都知道是在指這裡。

「斯凱魯」，那就是這座城市現在的名字。

佇立於遼闊的荒野，紅褐色大地和零散雜草的縫隙間的巨大城塞都市。

「斯凱魯」儼然是一座墓碑——實際情況卻不然。

不管是早上還是晚上，這座城市的光芒都不會熄滅，也不會沉睡。

化為不夜城的都市內，有令人驚愕的大量財寶在咆哮著。

從「迷宮」吐出來，源源不絕的大量財寶、寶石、金幣、魔法道具……

在外地光賣掉一個，就能一輩子不愁吃穿的寶山。

不知死活的冒險者以此為目標聚集而來。

能讓他們滿意的商品接連送進城市，「迷宮」的寶物則朝外界溢出。

「斯凱魯」逐漸被頹廢及繁榮填滿，外牆卻破爛不堪。

每個人滿腦子都只想著「迷宮」和自身的成功。

曾經蓋得美輪美奐的城牆，現在只是一堆石材。
就算有這麼一道城牆，在「迷宮」的怪物面前也沒有意義。
只要鑽幾個漏洞，甚至能偷偷運出財寶拿去賣……
由居民親手弄垮的外牆旁邊，是這座城市影子最為深沉、黑暗、寒冷的地方。
一名少年無精打采地走在那樣的暗處中。
腫起來的臉頰上滿是瘀血，目光一直游移不定。矮小瘦弱的身材看起來很像老鼠。
不時會傳來某人的笑聲。推測是在大街上的酒館裡歡笑的冒險者。
少年瞄了那邊一眼，小聲咂嘴，在城牆旁邊蹲下。
他在被拿掉大量石頭的鬆散城牆中，找到要找的那塊石頭，伸出手。
僅僅是從後方塞進去的石頭輕而易舉地被拿掉，結束它做為蓋子的職責。
少年把手探進藏起來的小洞，提心吊膽，單憑指尖抓住裡面的東西。
他拚命取出的，是一個骯髒的小錢包。
他輕輕解開繩子，檢查內容物。一枚金幣。就只有這個東西。
少年茫然盯著那枚金幣，表情扭曲了一瞬間，握住它。
他將剛才取下的石頭踢回洞裡，邁步而出，看都不看旁邊一眼。
明明沒有任何地方可以去。

＊

「ｙａｐ!?ｙａｐ!?」

賈貝吉發出令人難以置信的尖叫聲，扭動身體以從痛苦中逃離。

可惜，世上存在一旦被抓到，就絕對逃不掉的強敵。

「就算是冒險者，也要稍微注意儀容！」

艾妮琪修女纖細的手臂、盆子、海綿、肥皂，正是其中之最。

「ｙｅｌｐ！！？！？？」

「不可以，人不知道什麼時候會死，活著的時候得盡量維持身體乾淨！」

寺院後面，水花四濺的盆子中，是艾妮和賈貝吉的戰場。

嘩啦嘩啦地在水裡掙扎的賈貝吉，身體瘦得肋骨都看得見。

骨瘦如柴，看似一隻野狗，不過用海綿擦拭乾淨，雪白的肌膚便顯露而出。

讓人懷疑會不會一觸即碎的纖瘦身軀，以及與這副身軀格格不入的粗糙鐵項圈。

油膩的頭髮洗去髒汙後，也恢復成原本柔軟的自然捲。

「這孩子身上怎麼沾了這麼多血……！」

盤子裡的水充滿純白的肥皂泡，要拜艾妮的努力所賜。

因為她換過好幾次水。在那之前，裡面可是混濁的髒水。

伊亞瑪斯站在寺院的牆邊，無所事事地看著這整個過程。

「她偶爾會一個人跑出去，回來時就變那樣了。」

「你既然在養她，就要好好照顧人家呀……！」

「我沒在養她，也沒有照顧她。是她擅自跟過來的。」

他對虔誠精靈的說教置若罔聞，用他自己的方式仔細說明。

「真是的！」

不過，修女似乎並不滿意這個說法，對他拋出一句寶貴的箴言。

賈貝吉瞪著伊亞瑪斯，眼神彷彿在訴說「不要只會站在那邊看，快來救我」。

但他既然對聖職者說了自己沒在照顧她，就不該插手。

——話說回來……

「原來她是女的。」

「你這個人喔！」

「ｙａｐ!?」

＊

洗完澡，回到禮拜堂後，賈貝吉仍然處於茫然自失的狀態。

她心不在焉地盯著空中，有如失去(Lost)了靈魂。

幫她換上洗乾淨的內衣褲，從頭到腳擦拭乾淨的艾妮則心情愉悅。

灑進禮拜堂的陽光將頭髮照得閃耀光澤，為修女增添了幾分姿色。

伊亞瑪斯也從來沒看過艾妮笑得如此燦爛。

「有這麼值得高興嗎？」

「因為活得好代表會死得好！」

艾妮琪修女微笑著斷言。

伊亞瑪斯只覺得「是這樣嗎」。死就是死，僅僅是結果。

可是，接受死亡的方式因人而異。

克服了無法逃離，常伴身邊的死亡的艾妮琪修女，是值得尊敬的人物。

「——…………arf!?」

「哎呀。」

猛然回過神來的賈貝吉從毛巾底下掙脫，離開長椅。

她——她動如脫兔，飛奔而出，低吼著抓住平常那塊破布。

艾妮和伊亞瑪斯看著她蹲在寺院的角落縮成一團，兩人的反應不盡相同。

艾妮微微一笑，伊亞瑪斯呆呆看著。

「所以，這次的探索時間會比較長嗎？」

「嗯，會在裡面待幾天。」

伊亞瑪斯輕拍放在長椅旁邊的大包袱，回答艾妮的問題。

但他說的「幾天」，也是在「迷宮」內的主觀感受。

在外面從客觀的角度來看過了多久，伊亞瑪斯不得而知。

攜帶比自己估計的量更多的物資，可謂某種嗜好。

不是看主觀時間，而是靠物資的消耗量計算時間。

「我想在深層多探索一下。」

因為，伊亞瑪斯是冒險者。

他一副這個理由適用於所有事情的態度，艾妮瞇眼瞪著這名男子。

讓小女孩維持髒兮兮的模樣跟著自己跑來跑去，接著又要帶她進入迷宮深層。

「……你沒有其他同伴？」

「賽茲馬在的話，我或許會去邀他。」

沒錯，前提是他在。雖然就算他在，也未必會答應。

賽茲馬騎士的團隊不在酒館。

不是外出冒險，就是全滅了吧。

沒有冒險者會關心其他團隊的動向，因此他不知道他們的下落。

伊亞瑪斯只是在想，萬一他們全滅，可以去幫忙回收屍體。

艾妮琪修女長嘆一口氣。

「畢竟你沒朋友嘛。」

「要妳管。」

對話到此中斷。

進出寺院的人潮絡繹不絕。就算他們會罵寺院偽善，死與灰終究離不開冒險者身邊。

有人帶同伴進來，有人懷著悲痛的心離開。有人開懷笑著，有人破口大罵。

艾妮看著這些冒險者，忽然嘀咕道：

「有時也是需要放棄的。」

精靈——儘管他們的壽命跟人類差不了多少——美麗的眼眸，注視著伊亞瑪斯。

「就算你找到認識你的人的屍體，說不定也沒有意義。」

「怎麼？這是忠告嗎？」伊亞瑪斯笑了下。「真難得。」

我好歹是神官。艾妮琪修女瞇起眼睛說道。

「請不要忘記，從你死去到復活的這段時間來看，你已經**上了年紀**。」

時間是公平的，甚至會在死亡上面刻下痕跡。

伊亞瑪斯默默聳肩，他從來沒想過自己現在的年齡。

只要不會老死，對他來說無關緊要。

「扔一枚硬幣，碰巧扔出正面。下次搞不好也會碰巧扔出正面。」

嘆息聲自艾妮口中傳出。錯愕。死心。擔憂。分不清是哪一種情緒的聲音。

「你能扔出正面到什麼時候呢？要是扔出背面怎麼辦？」

「到時，」伊亞瑪斯說。「下一個冒險者會想辦法。」

艾妮琪修女尚未開口，伊亞瑪斯就從椅子上起身。

賈貝吉立刻抬頭，跳起來衝向他。

伊亞瑪斯看都不看少女一眼，長靴踩著地板繼續前行。

賈貝吉也沒有搖尾巴，小步跟上伊亞瑪斯，走向寺院外面。

艾妮琪修女無奈地看著兩人的背影，喃喃說道：

「願兩位能夠迎來有意義的人生，以及有意義的死亡。」

如果這段人生能讓死亡之神滿意，可謂無上的幸福。

真希望所有的冒險者、所有的生者，都能度過這樣的人生。

幫尚未遇到死胡同，不斷前進的兩人祈禱完後，艾妮站了起來。

她拍了下僧服的衣襬，抹平皺褶，忽然想到。

「對了，好像在哪看過那女孩……」

也罷，想也沒用。

很多冒險者會來這間寺院。不是有過一面之緣的人，就是長得很像的人吧。無論如何——

——他帶的行李是兩人份呢。

這件事足夠讓艾妮琪修女心情變好了。

＊

拉拉伽頂著一張瘀血浮腫的臉，不悅地咬下烤得硬邦邦的黑麥麵包。

酒館最便宜的料理，甚至比不上麥粥，但這麼一小塊麵包，就是拉拉伽好幾天沒吃到的食物。

一枚金幣，只買到一塊黑麥麵包。

「可惡……！」

嘴角痛得他呻吟。張嘴的時候、吃東西的時候、閉嘴的時候，都痛得不得了。

不過還是得吃。不吃就會死。拉拉伽在酒館的角落拿著麵包狼吞虎嚥。

他是數日前襲擊伊亞瑪斯的盜賊小鬼。

在那之後，拉拉伽逃出「迷宮」，連滾帶爬地回到氏族。

沒有其他地方可以去。不回去會被殺掉，回去也一定會被殺掉。儘管如此，依然得回去。

拉拉伽是如外表所見的小孩，只是個吊兒郎當的人類少年。

不管是村裡最年輕的人，還是有天分的劍士，在「迷宮」的待遇都一樣。

離開故鄉的村裡最年輕的人，以及廚餘（賈貝吉）的待遇，也差不了多少。

拉拉伽既然沒能成功帶回廚餘，等待他的下場只有一個。

在酒館後面被剝個精光再殺掉——跟其他眾多沒沒無聞的新手冒險者一樣。

這座城市嚴禁冒險者爭鬥。可是，不爭鬥就不成問題。

一次都沒進過「迷宮」的人用不著爭鬥，即可消去存在。

但拉拉伽不同。

他只有被揍到整張臉腫起來，丟出氏族而已。

不是因為他運氣好，也不是因為他的力量（Level）。

而是因為拉拉伽幾乎身無分文，殺掉他沒有任何好處。

「可惡……！可惡……！」

他花了一天拿出藏起來的零錢，花了好幾天戒備會不會受到前氏族的人襲擊。

好不容易抵達酒館的寒酸冒險者大嚼麵包的模樣，不會有人注意。

不對，就算有人盯上他，拉拉伽也沒那個心思留意吧。

因為，除了吃用最後一枚硬幣買來的麵包外，他不知道該如何是好。

——怎麼辦？

夥伴死了。

不是氏族的人。雖說他被那些人當成狗在使喚，好歹是共同行動過的夥伴。

幸好在這座城市，死者可以復活。在外地就真的是神蹟了。

然而——前提是要有復活費。

氏族的人不可能幫忙出錢。正因為不考慮復活費，才把他們當成用過即丟的棋子。

他獨自存活下來，只能自己想辦法籌錢。不過，要怎麼做？

他們這種活著沒什麼意義的人，復活費確實廉價。

就算這樣，五人份實在稱不上便宜。

雖說價格跟「死者復活」這個真正意義上的奇蹟相應，拉拉伽根本不可能湊得到。

區區一名盜賊要如何賺錢？他一個人連怪物都殺不了，無法獲取寶箱。

十之八九會在第一次或第二次的探索過程中喪命。

萬一他真的成功籌到錢——能保證成功復活同伴嗎？不能。

拉拉伽最氣的是。

「可惡……！」

無論如何他都得賺錢，自己為什麼會在酒館吃飯？

這個事實最讓他火大。

拉拉伽剩下的時間不多。

他能做的只有吃眼前的黑麥麵包，然而一旦吃完，時間就到了。

如此一來，他只能進入「迷宮」，身上已經一毛錢都不剩。

他也不會考慮離開「斯凱魯」。

所以，拉拉伽決定不管三七二十一，半是自暴自棄地將手伸向最後一片麵包。

「那邊那位年輕人，方便打擾一下嗎……？」

突然有人呼喚他，導致他頓時停止動作。

「啊……？」

他不打算停下，沒有要停下的意思。

可是，那穩重的聲音有種讓人想這麼做的神奇力量——壓力。

因此正確地說，應該是「被迫停下」。

「你看起來很煩惱。不介意的話，我或許可以幫上忙。」

他懷疑地看過去，站在前方的是穿著頗為體面的長袍男子。

——魔法師嗎？

拉拉伽是這麼想的。穿長袍的人大多是魔法師。

不然就是僧侶，或者習得兩者的祕蹟祕術的主教。

無論如何，他都沒想到那樣的人會揮舞大刀，砍飛夥伴的腦袋。

「哎呀，我年輕的時候也過得很苦。不忍心放著前途光明的年輕人不管。」

拉拉伽還沒說話，長袍男子就坐到他旁邊。

正當他想開口罵人之時，一盤燉菜送到了拉拉伽面前。

冒著溫暖的白色蒸氣，香氣也隨之升起。他嚥下一口唾液。

「一點小意思。身體就是本錢，請用。」

「喔、喔……」

可疑。有鬼。神奇的是，這些詞語剛閃過腦海就消失了。

拉拉伽腦內的警鈴大作，內心卻不聽從他的意識使喚。

他下意識握住湯匙，將燉菜送入口中。是兔肉。油脂香醇。好吃。

好吃。手在他這麼心想的同時動了。他埋頭吃著燉菜，胃暖和起來，好吃。

「其實，我有一件事想拜託——委託你。」

男子侃侃而談，拉拉伽卻聽不進耳中。

在講錢。夥伴有辦法得救。簡單的工作，還能報仇。

對於男子所說的話，他沒有任何疑問、懷疑。

只記得一件事。

「用這顆石頭————……」

男子從懷裡拿出石頭，脖子上掛著一個神祕的護符……不對。

是某種東西的碎片（Shard）——

*

「為什麼妳一看到怪物就撲過去？」

「arf？」

賈貝吉歪過頭，彷彿聽不懂他在說什麼。從頭到腳都是血。

事情發生在「迷宮」的墓室，伊亞瑪斯揉著緊皺的眉間。

屍橫遍野的慘狀，要害被一刀兩斷的怪物殘骸、內臟、血泊。

在這令人不忍卒睹的景色中央，不知何時冒出一個染上暗紅色髒汙的寶箱。

看似野狗的少女，彷彿撿了一顆球跑回來對他說「就是這個」。

「woof！」

得意地叫了聲。

伊亞瑪斯開口想講些什麼，最後卻什麼都沒說。

——不能怪她。

她至今以來被人賦予的任務，是殺掉怪物，獲取寶箱。

殺戮與掠奪（Hack and Slash）。

身為一名冒險者，這也是其中一個正確答案。即使跟伊亞瑪斯想要的不同。

他看了小步跑來的賈貝吉一眼，果斷跪到血泊之中。

被大衣遮住的藍眸清澈得嚇人。他和她目光交會。

「這次要以前進為優先。」

「whine……？」

「無視寶箱跟怪物。」

「……」

「懂嗎？」

「arf！」

——真的聽懂了嗎？

看到她精力十足地吠叫，伊亞瑪斯站了起來。

賈貝吉已經小步走向通往走道的門前，看著這邊說：「bow！」

伊亞瑪斯背著巨大的包袱，跟在後面。緊接著，賈貝吉踹破了門。

「arf!!」

她做什麼事都是這樣。

伊亞瑪斯的探索方式，走得跟烏龜一樣慢。

儘管是走過數十數百次的熟悉路線，他也會謹慎地檢查、前進。

以免遇到怪物。以免踩到陷阱。以免迷失方向。
更遑論衝進墓室展開大屠殺、搶奪寶箱。
如此緩慢的步調，賈貝吉大概完全無法忍受吧。
為了活下來，她會像呼吸一樣自然地殺敵，回收寶箱。
她就是那樣的生物，就是那樣的冒險者。
無事可做的伊亞瑪斯將「爬行金幣（Creeping Coin）」拿在手上把玩，追上賈貝吉。
——還不賴。
伊亞瑪斯不討厭這樣的冒險、探索。
之前都沒這麼做，只是因為他一個人做不到——可能或不可能的問題。
對於做得到的話、他會去做的事，伊亞瑪斯沒有意見。
「…………唔。」
然而。
「……whine……」
踏進下一條通道的伊亞瑪斯前方，是坐在地上的賈貝吉。
好幾種理由閃過伊亞瑪斯的腦海。
「受傷了嗎？」
沒有回答。沒看見怪物的屍體，也沒聞到血腥味。雖然也有無機物的怪物。

「中了毒、麻痺、石化嗎？」

沒有回答。雖然他講的全是連說話的力氣、機能都會奪走的恐怖異常狀態。

「……」

「……」

「……飢餓或疲勞嗎？」

「yap！」

看來兩者皆是。

回答只有一句話。

「好，我知道了。」

伊亞瑪斯迅速放下背上的巨大包袱。

沒什麼好笑的，不需要感到無奈，更不需要生氣。

疲勞與空腹就像冒險者的影子，與看得見的體力（Hit Points）無關。

絕對擺脫不了，有時令人恐懼，無視的話會被吞沒。

古代大賢者真正的偉大之處一句話即可說明，就是能夠接納自身的影子。

話雖如此，伊亞瑪斯當然對那樣的逸事半點興趣都沒有。

他純粹是以冒險者的身分，在冒險途中採取正確的行動。

對伊亞瑪斯來說，許久沒有用這種方式探索，對賈貝吉來說似乎也一樣。

仔細一想。

會用鎖鍊綁住她當成肉盾的人，只要當天的收穫足夠就滿意了吧。

就算會踏進墓室，頂多只有一、兩間，不會像這樣一間接著一間攻略，往深處前進。

意即——

——太興奮了嗎？

自己和這女孩都一樣。

思及此，伊亞瑪斯微微揚起嘴角。

往「迷宮」的深處前進，果然很愉快。

「那麼，來紮營吧。」

「ａｒｆ！」

少女的回答輕快又有活力，跟疲憊的模樣相去甚遠。

伊亞瑪斯從放到地上的包袱裡拿出小瓶子，她在旁邊專注地看著。

——莫非。

「妳從來沒看過？」

「ｙａｐ。」

好像是這樣。

可是，伊亞瑪斯剛拔掉小瓶子的栓子，嗅著氣味的她就別過頭。

畢竟單論氣味，這只是平凡無奇的水。

伊亞瑪斯連肩膀都沒聳一下，默默將注意力放在手中，把那瓶水滴到地面。

在寺院受過祝福的聖水，是冒險者——要去這座「迷宮」的冒險者的必需品。

用聖水畫的魔法陣、結界，能稍微保護冒險者不受到外敵的威脅。

紮營、露宿、稍事休息。怎麼稱呼都可以，若想在「迷宮」裡面休息，這是必須的。

先不說看守墓室的守護者，至少躲得掉在路上徘徊的怪物。

更重要的是，伊亞瑪斯很喜歡小心地滴水畫圓的這個過程。

不檢查周圍的地面就不能休息。多了這個步驟，他很滿意。

中了陷阱撿回一條小命後，反射性在原地休息，結果又中了陷阱。這種事也不是不會發生。

原因不在於那名冒險者太愚蠢，或者缺乏專注力。

人會大意，會失敗。會犯錯。沒有絕對不會犯錯的人。

所以要以會犯錯為前提採取行動。

用這瓶聖水畫魔法陣的行為正是如此。

檢查地面，確保安全，把聖水滴到地上，在這個過程中穩定心神，再讓身體休息。

因此——沒錯，人是會犯錯的。

「ｗｈｉｎｅ……？」

賈貝吉因為空腹和疲勞的關係，無暇顧及其他，伊亞瑪斯也有點鬆懈下來。

這裡是走道上，沒有守護者。附近沒有腳步聲，所以不會遇到在路上徘徊的怪物。

「——……!!」

「唔……」

所以那一刻，他們慢了一瞬間應對從「迷宮」暗處衝出來的影子。

可惜對那個影子來說，一瞬間便足矣。

影子一聲不響地在石板路上奔跑，踩在聖水陣上，從懷裡拿出石頭。

伊亞瑪斯看過寫在攤開來的羊皮紙上的咒文。他瞪大眼睛。

「你，那是——……!!」

糟糕。唉唷。他應該是想講這個吧。

事已至此，無法確認答案，而且這兩句話差異也不大。

從碎掉的石頭中溢出的眩目光芒蓋過一切，吞沒三人。

伊亞瑪斯、賈貝吉，還有——不說也知道，還有拉拉伽。

被純白閃光吞沒的三人的身影，在光芒減弱的同時消失了。

剩下掉在地上的小瓶子、背包、被踩亂的魔法陣、石頭碎片。僅此而已。

遲早會被經過附近的怪物通通帶走，這些痕跡也不會殘留太長的時間。

是法術引發的爆炸嗎？

還是遭到分解，化為塵土或灰燼了？

抑或是——————……………

*

「咦⁉——————啊⁉」

拉拉伽眨眨眼睛，一頭霧水地喊出心中的疑惑。

「這裡是哪裡……⁉」

「應該要感謝至少不是在石頭裡。」

在位置不明的「迷宮」的黑暗中，有人低聲回答。淡漠、冷靜的聲音。

意識及視野模糊不清。拉拉伽眨了幾次眼睛，搓揉臉頰。

「哇啊啊啊伊亞瑪斯！！？！？？」

「ａｒｆ。」

「廚餘！！！？！？」

少女叫了聲，表示她也在——大衣底下的冰冷藍眸，嚇得拉拉伽向後退去。

——會、會被殺掉……!?

他當然還沒做好覺悟。

即使成了冒險者，每個人都只會想像自己一帆風順的旅途。

自己不一樣。就算遇到危機，也能順利化解。沒有對死亡的真實感。理所當然。

懷著那種心態，不可能有辦法探索「迷宮」。

因此，那時促使拉拉伽採取行動的，是「慘了」和「我不想死」兩種心態。

他反射性從原地跳開，握住腰間的短劍，蹲低身子擺好架勢。

環視周遭——「迷宮」？——雖然是沒看過的墓室，不會有錯——被擄走了？

「你、你們要殺掉我嗎……!?」

報復。這兩個字閃過拉拉伽的腦海。就像自己的——更正，就像前氏族的人對他做的那樣。

在「迷宮」中辦得到。

伊亞瑪斯的反應卻跟拉拉伽認識的冒險者前輩不同。

「盜賊竟然敢隻身潛入『迷宮』，真有骨氣。」

伊亞瑪斯只是冷靜地這麼說，一副發自內心不感興趣的態度接著問道：

「那東西哪來的？」

「那東西……？」

「石頭。」伊亞瑪斯直指重點。「我都不知道這裡有『惡魔之石』。」

「不是，我……」

拉拉伽被他的魄力嚇得嚥下一口唾液。

不正常。

伊亞瑪斯眼中，感覺有什麼東西——不明的東西在熊熊燃燒。

拉拉伽拚命回憶，用顫抖著的聲音結結巴巴地回答：

「我在酒館吃飯的時候……有個奇怪的男人……跑來跟我搭話——」

然後呢？

「奇怪的男人嗎？」

「……大概是魔法師。」拉拉伽點頭。「脖子上，掛著奇怪的……」沒錯，奇怪的……

「看起來像護符（Amulet）的東西。像某種碎片（Shard）——」

「護符（Amulet）？」

拉拉伽沒能立即回答。

伊亞瑪斯在笑。

讓人懷疑他的嘴角會不會裂開到耳朵的，異常、昏暗的，笑容。

「你叫什麼名字？」

「拉、」聲音卡在喉嚨。「拉拉……伽。」

「是嗎？」

他站起來，黑色手甲上的「寶石戒指」綻放光芒。

「『達烏克(衣服啊展開吧)　密姆阿利夫(顯示我的)　佩切(位置)』。」

拉拉伽覺得有種看不見的東西——感覺像風或大衣的東西，拂過自己的臉。

待在伊亞瑪斯旁邊的廚餘——賈貝吉「ｙａｐ!?」叫了聲，可見不是錯覺。

——是法術。

拉拉伽的直覺告訴他，是「方位(杜馬皮克)」的法術。

這傢伙果然是魔法師——會使劍的魔法師。

「樓層沒變。不過被傳到了挺深處的地方。原來如此。」

伊亞瑪斯自言自語著，拿出一枚金幣扔向墓室外面的走道。

然後把它拉回來，默默邁步而出。廚餘小步跟在後頭。

「咦。」

拉拉伽被留在原地。他尚未從混亂的狀態下恢復，可是——

「啊，喂！」至少能夠呼喚伊亞瑪斯。雖然他之後就後悔了。

© so-bin

困惑、恐懼。安心。沒被殺掉。被拋下。能離開這男人。

參雜所有情緒的聲音令伊亞瑪斯回過頭，望向拉拉伽。

「怎麼？你不跟過來嗎？」

他的語氣異常雀躍。

「這可是難得的冒險。」

拉拉伽無法抵抗。

＊

金幣彈跳的鏘啷聲響起。

黑衣男子扔出的金幣在地上彈跳，用釣線收回，再扔出去。

拉拉伽跟著他，走在「迷宮」不曉得通往何處的黑暗中。

在這座「迷宮」裡面，時間感有跟沒有一樣。

在那之後，不知道過了一時半刻，還是一天、數分鐘。

然而，在那模糊不清的時間中持續觀察，拉拉伽明白了一件事。

——這傢伙的探索能力，也就是盜賊的技術沒什麼大不了。

這是跟在他後面的拉拉伽得出的結論。

他的小伎倆確實了不得。例如「爬行金幣」這東西，拉拉伽就沒聽過。

身法應該也屬於厲害的那一區，雖然不知道是戰士還是魔法師。

可是在探索方式上面，拉拉伽無法給予伊亞瑪斯正面的評價。

慎重歸慎重，但那並非盜賊的作風。

閃過陷阱。寶箱當然也會一起閃過。意即——

——這傢伙不懂得解除陷阱。

「arf！」

來自背後的叫聲，嚇得伊亞瑪斯身體一震。

叫他少在那邊自言自語，或是叫他走快點。意思差不多。

拉拉伽轉過頭，和一臉不悅的廚餘——賈貝吉對上目光。

如同清澈湖泊的藍眸。拉拉伽畏懼那彷彿會將人吸進去的顏色，加快腳步。

跟伊亞瑪斯之間的距離縮短了，眼前的背影只是個慎重的冒險者。

不過——

——撲過去我也不覺得自己殺得了他。

他本來就沒打算殺他，但就算付諸實行，可以想像自己的腦袋飛到空中的畫面。

——不然就是身體被砍成兩半。

拉拉伽抖了一下，因為要忍住恐懼的關係，從喉嚨擠出的聲音都變尖了。

「……喂。」

伊亞瑪斯沒有回頭，把金幣扔到石板路上，再拉回手中。

「什麼事？」

「那是什麼？」

「『惡魔之石』嗎？」

拉拉伽心想，他的語氣聽起來有幾分懷念。這傢伙果然知道那東西。

但要是他站在伊亞瑪斯的正面，肯定不會這麼認為。

因為他一臉不明白自己在懷念什麼的表情。

「弄碎的話，周圍的人會變成灰。」

「唔呃!?」

拉拉伽尖叫出聲。伊亞瑪斯停下腳步，轉過頭，大概是被他的反應逗樂了。

變成灰。對拉拉伽來說與死亡同義。不會有人願意幫他復活。永遠。

「用得好會傳送到其他地方。不曉得是那東西有缺陷，還是你用得好。」

──十之八九是失敗作品。

拉拉伽肯定地下達結論。

自己做事從來沒有成功過。

被別人使喚的時候也一樣。

「……意思是，那個人非常恨你囉。」

「或許吧。」

變成灰燼，化為「迷宮」的塵土，被冒險者或怪物踩爛、踢散，消失不見。拉拉伽打從心底害怕那個景象。連想像都不敢。

若有敵人企圖用那種手段葬送他，他八成會逃跑，不然就是下跪求饒。

伊亞瑪斯卻輕描淡寫地說，彷彿那只是一件小事。

——或許吧！

拉拉伽搞不懂這個人的大腦是什麼構造。

不對，他搞不懂的還有一件事。

說起來，自己為什麼還活著？

拉拉伽瞥了無聊地咕噥道「ｗｈｉｎｅ」的賈貝吉一眼，小心翼翼地詢問。

他深深蹲低，以便隨時可以逃跑——不曉得有沒有意義就是了。

「……你不殺了我嗎？」

「在『迷宮』裡面，和戒律不同的冒險者聯手並不稀奇。」

他的回答簡潔易懂。

走在前面的伊亞瑪斯頭也不回，再次扔出金幣，收回手中，向前邁進。

不時停下來用「寶石戒指」確認位置，在羊皮紙上寫些什麼。

羊皮紙上畫著方格，從旁邊窺探的拉拉伽一眼看出那是地圖。

可是，如果有人問他能否憑那張地圖回到地面，答案是辦不到。

到頭來，想要活下去，還是只能跟著這名可疑的黑衣男子。

所以，拉拉伽考慮到是自己主動提問的，選擇繼續跟他對話。

不想惹他生氣。同伴被砍飛腦袋死去的瞬間，至今仍歷歷在目。

「……好吧，是不稀奇。」

戒律——其實也沒那麼嚴格。簡單地說就是行動方針。

是否要避免不必要的戰鬥、是否要放過受傷的敵人、夥伴跟自己的優先順序。

在簡單的選擇就會影響生死的「迷宮」內部，豈能在探索途中為信條議論紛紛。

與其浪費那個時間，不如一開始就找方針一致的人組隊。

何況地上（表面上）有條不成文的規定，禁止冒險者爭鬥。

別跟戒律不同的人扯上關係是最重要的。

有人誇張地用秩序或混沌、善或惡來稱呼那個戒律——

——笑死人了。

拉拉伽小聲哼氣。

頂多只是會免費救人，或者沒報酬就不救的差別吧。

所謂的混沌和惡，是指嘴上說要救人卻跟對方搶錢，見死不救的人。

就像把他當成狗使喚的氏族那些人——

或是自己這種對他們唯唯諾諾的人。

不過，他說他跟自己戒律不同？

「……看你在回收屍體，我還以為我們肯定是同類。」

「我一直留意著要中立中庸。至於那傢伙——」

「arf？」

「就不知道了。」

拉拉伽望向在自己身後，一臉聽不懂兩人在聊什麼的少女。

她呆呆地——對其他人沒有興趣——小步跟著伊亞瑪斯走。

不管要把這傢伙歸類為秩序還是混沌，兩個陣營的人都會感到困惑吧。

——結果，戒律就只是這種程度的東西。

或許是因為他在想這些事。

「而且，」

拉拉伽差點漏聽接下來這句話。

「我不是你的敵人。」

伊亞瑪斯就此沉默。

微弱的腳步聲。金幣彈跳的鏘啷聲。收線的聲音。然後又是腳步聲。

——那傢伙在想什麼啊……

換成拉拉伽，換成使喚拉拉伽的人，不可能讓他活命。

就算沒殺掉他，也會把他當成活生生的十英寸木棍（儘管他沒看過這東西）用來探路吧。

也就是向前走。長胖點。你是肉盾兼陷阱探測器。差不多這些用途。

假如伊亞瑪斯真有讓他活下來的理由，有兩種可能。

一個是有所企圖，一個是不在乎。

伊亞瑪斯說答案是後者。可是，拉拉伽不會乖乖相信。

要是他有這麼天真，早就變成酒館後面不會說話的屍塊了。

——他在想什麼……？

無法想像。

酒館裡的可疑男子。神祕的卷軸。「迷宮」深處。跟兩個身分不明的傢伙待在一起。

假設他回到鎮上，有辦法毫髮無傷嗎？拉拉伽不知道。

委託人搞不好會來教訓他，前氏族的人也可能對他處刑。

拉拉伽愈想愈混亂，沒來由的焦躁感於內心萌芽。

「迷宮」也沒安全到可以讓他在這種心亂如麻的狀態下走來走去。

——也就是錢。

因此，他最後決定當成是為了錢，心情會比較輕鬆。

這傢伙的目的八成是我的同伴的復活費。拉拉伽下達結論。

——萬一我死了，就沒人復活他們。沒人捐錢給寺院。會對這傢伙造成損失。

跟寺院訂下契約還是有過約定的伊亞瑪斯，應該會想避免這種事發生。

可惜拉拉伽當然沒有樂觀到有辦法這樣想。

「Woof！」

不知不覺間，他停下了腳步。

賈貝吉叫他別想那麼多，快點前進，拉拉伽嚇得身體一顫。

「知、知道了，知道了啦。別催我……！」

拉拉伽被低沉的吼聲趕著追上伊亞瑪斯，走向前方。

「迷宮」的黑暗。怪物。陷阱。眼前的男人。背後的少女。地上的障礙物。

雖然不知道何者是最安全的，至少此時此刻，他確實活著。

——既然如此，我要做的就是抓住這根稻草。

拉拉伽什麼都不知道，唯有這件事可以確定。

但在「迷宮」裡面，怎麼可能有辦法一帆風順。

過沒多久，拉拉伽就遇到阻礙，只得杵在原地。

「門……」

……是一扇門。

高聳的巨大鐵門——或是跟自己一樣高的平凡木門。

在「迷宮」裡的認知是不準確、不清楚的。一不留神，連門的造型都會變模糊。

可以確定的只有一件事，那裡有一扇門。

是這座來歷不明的「迷宮」肯定是人工物的證據之一。

「是我沒來過的區域。希望門後是去過的地方。」

「ｗｏｏｆ……！」

賈貝吉彷彿隨時會衝過去，伊亞瑪斯抓住她的後頸咕噥道。

「……要進去喔？」

「走別條路也不知道會出現什麼東西。」

伊亞瑪斯這句話，令拉拉伽吞了口口水。

門後是走道的話再好不過。

不過萬一是墓室——肯定會有怪物潛伏其中。

如此一來——

——說不定會死。

拉拉伽的一隻手，無意間摸索著插在腰帶上的短劍。

劍刃又細又薄，稱之為武器實在太靠不住。

這是他拿「開寶箱的時候要用到」當理由，好不容易說服前氏族的人讓他攜帶的護身用品。

短劍沒被奪走就逃了出來，真的很幸運。希望之後也會這麼幸運。

「要、要進去對吧？」

跟剛才的問句語氣不同。伊亞瑪斯簡短回答：「對。」

他的手指抵在大衣下面，掛在腰間的黑杖——纖細的騎兵刀（Sabel）的刀鍔上，將刀身推出刀鞘。

喀嚓聲聽起來格外響亮。

「可以。」

「Ｂｏｗ！」

叫了聲撲上前。伊亞瑪斯放開手的瞬間，賈貝吉的反應正是如此。

她化為一陣有顏色的風衝向門，直接踹開門衝進去。

伊亞瑪斯則如同黑影跟在其後，拉拉伽急忙追上。

完全沒有合作的意思，冒險者們的動作卻比勉強合作更加敏捷。

明顯比盤踞在墓室中央，異常巨大的某種生物更快採取行動。

——這、這是什麼……!?

拉拉伽瞪大眼睛。聽見賈貝吉在「ｗｏｏｆ……!!」低吼著。

泛藍的綠色鱗片，鮮紅如血的黏滑舌頭，目光如炬的紅眼，牙，爪，尾。

背上那排看似尖刺的東西大大展開，變成翅膀，巨大身軀用四隻腳站了起來。

咚，墓室彷彿在震動。光這樣就很嚇人，下肢無力，差點腿軟。

即使如此，拉拉伽依然站穩了腳步，並不是因為勇敢。

而是因為他本能察覺到，要是敢逃走——要是敢動任何一步——要是吸引牠的注意力——會被殺掉。

模糊不清的輪廓，真面目不明。然而，用不著正式確認。

身為冒險者一定會知道——連小孩都知道那是什麼生物。

「龍、龍……!!?」

「不對。」

伊亞瑪斯笑了。

「是毒氣龍。」

＊

牠吐出散發硫磺般的腐臭味氣息，緩緩抬起長脖子。

沒有任何一絲友善的氣息。事已至此，免不了一戰。

可是，這不代表拉拉伽有能力與龍一戰。

他勉強反手握緊短劍，好不容易才站穩。

兩眼圓睜，像在注視令人不敢相信的生物，看著龍……和伊亞瑪斯。

「哦，出現在這裡嗎？」

伊亞瑪斯在笑。

這抹笑容彷彿在訴說他發自內心感到愉悅，一副在路上碰巧撞見老朋友的態度。

此時此刻，拉拉伽頭一次對在旁邊低吼的賈貝吉產生共鳴。

至少，她比這個黑衣男更接近自己——

「嗚……!?」

就在這時。

在他當盜賊的期間變得敏銳一點的五感，察覺到些微的異狀。

——嗡。

聽起來像在低聲震動，微弱纖細，卻令人不快的聲音。振翅聲。

昆蟲？飛蟲？不對——

「唔、喔、啊啊!?」

「yap!?」

拉拉伽反射性帶著賈貝吉一起躍向旁邊，數根頭髮飛到空中。

他直覺想到是被咬斷的。

從拉拉伽和賈貝吉頭上掠過的，是擁有駭人大嘴的巨大蟲子。

宛如從惡夢中跑出來的那隻生物，無疑是怪物。

「大蜻蛉（Dragonfly）……!?」

「whine……!?」

連賈貝吉都臉頰抽搐，嚇得退縮。

對龍的恐懼沒有真實感，對大蜻蛉的厭惡則近在眼前。

以威脅性來說，鎮守於深處的龍當然遠勝四處飛行的蜻蜓就是了。

「牠們會噴火（Breath）喔。」

伊亞瑪斯右手拿著白刃，語氣跟在提醒他們「下雨了記得撐傘」一樣。

「戰士也就罷了，你這個盜賊想必撐不住。」

「就算你叫我注意……!!」

我該怎麼做？拉拉伽毫無頭緒。

通常情況下，八成會叫他衝到前面當肉盾。他只知道這個做法。

賈貝吉也差不多。正因為她要負責抵擋攻擊還活得下來，才會被叫做廚餘。

拉拉伽的視線必然落在伊亞瑪斯身上。

伊亞瑪斯滑步靠近毒氣龍，一面測量距離，一面說道：

「你負責抵擋攻勢（parry）。」

「知、知道了……！」

拉拉伽點點頭，面向那群大蜻蛉，聽話得連他自己都覺得驚訝。

飛來飛去的大蜻蛉有幾隻？拉拉伽額頭滲出冷汗，定睛凝視。

——至少比真正的龍來得好……！

而且，他心裡也懷著類似祈禱的念頭，希望那兩個人如果有能力對付牠，就想點辦法。

對於把龍塞給他們處理一事，沒有絲毫罪惡感。

因為他光顧著應付大蜻蛉，就分身乏術了。

「我們上。」

「arf!!」

賈貝吉回應稱不上號令的自言自語，率先衝上前。

她從拉拉伽頭上跳過去，朝綠龍揮下大劍。

連龍似乎都被這電光石火的一劍殺了個措手不及，鮮紅血液於黑暗中噴出。

「GRROOOOOOAAAAAARRRR！！！！！」

「yap!?」

不過，僅此而已。

砍飛額頭上的龍鱗的賈貝吉，近距離暴露在牠的咆哮中，哀號出聲。

少女踢了下牠的鼻子往旁邊滾動，閃掉逼近纖瘦身軀的龍牙。

賈貝吉確實有天分。拉拉伽心想，她搞不好是天才。

跟自己判若雲泥，想必蒙受了神的恩賜（Bonus Point）。

儘管如此……

——通通不夠啊……！

力量（Level）、裝備、經驗、一切。

不可能打得過龍。自己和她都一樣。

「BUUUZZZZZ……!!」

「哇啊啊……!?」

拉拉伽能夠仔細觀察賈貝吉的時間到此為止。

要抵擋發出噁心振翅聲四處飛行的大蜻蛉，並不容易。

至少拉拉伽從未經歷過。

「滾開……！別過來!!」

拉拉伽朝著飛來飛去的蜻蛉揮動短劍，目的不在於攻擊，而是驅趕。

他至今以來對付過的怪物，都是樓層較淺的種類。

頂多只有歐克和狗頭人，連他們都擁有地上的人類無法想像的駭人力量。

不過——

——好快……！

拉拉伽的眼睛根本捕捉不到大蜻蛉的軌跡。

只能憑藉刺耳的振翅聲用短劍勉強擋掉攻擊，那就是他的極限。

「喔啊!?」

每當劍刃跟蜻蛉的嘴巴相撞，「迷宮」都會綻放火花，強大的力量將短劍連著手臂一同彈開。

其中一隻手臂傳來劇痛。他並未裝備防具。傷害（Damage）令人麻痺。

「該、死！很痛……耶!?」

不過，這已經算比較好的下場。伊亞瑪斯剛才說過。牠們會噴火（Breath）。牠們？

意即，龍和——大蜻蛉都會。

拉拉伽只在小時候的睡前故事中，聽過會噴火的龍。

小時候，他想親眼見識一下。現在他要正式更正那個願望。

——盡量在遠一點的地方。

不加上這個前提，牙齒會不停打顫，他都快笑出來了。

「喝啊……！」

因此，拉拉伽咬緊牙關，揚起嘴角，舉起短劍。

將注意力放在緊逼而來的大蜻蛉的嘴巴上。不管牠要用咬的，還是要噴火。

拜其所賜，他才能迅速閃掉突然噴出的白色火焰。

「哇，唔啊……!?」

臉部後仰。火焰擦過鼻尖，燒到額頭及瀏海，散發一股噁心的臭味。

拉拉伽直接倒向後方，尖叫著往旁邊滾動。

因為大蜻蛉群宛如從上空降下的箭雨，朝他飛過來。

面對那又利又快，發出聲響刺在石板路上的牙齒，拉拉伽的防禦想必毫無用處。

在千鈞一髮之際撿回一條小命。但這裡雖然是墓室，面積終究有限。不找機會站起來，結果還是一樣。

「ａｒｆ!!」

當然，前提是只有拉拉伽一個人。

賈貝吉不耐煩地對糾纏不清的蜻蛉揮刀，猛衝而來。
單憑蠻力揮劍——不，她彷彿在讓身體隨著大劍的重量起舞，劍刃斬裂虛空。
轉了一圈的劍刃速度變得更快了，扯斷蜻蛉的外殼，將其一刀兩斷。
「抱歉，得救了！」
「ｙａｐ!!」
翅膀四散，骯髒的體液濺在身上，賈貝吉並不在意，大吼一聲。
應該不是在回答他。她的視線已經落在下一隻獵物身上。
所以，是拉拉伽自己要道謝的。不道謝他過意不去。
他把手撐在地上，像彈簧似地跳起來。一手拿著短劍，總之先保護好自己——
「唔、喔！！！？」
拉拉伽連思考的時間都沒有，視野就被強烈的白光覆蓋。
他只顧著遮住臉，旁邊的賈貝吉也發出「嗚嘎」的尖叫聲。
強烈的臭味、高溫、灼燒肌膚的痛楚。可是，就只有這樣。
不用看都知道，是毒氣龍噴的火。
即使如此，他還是想從手臂的縫隙間觀察戰況，全是因為好奇心。
那男人——伊亞瑪斯在做什麼？

＊

不出所料，伊亞瑪斯還活著。他提著刀，面對毒氣龍巨大的身軀。

——雖然我剛才說了「我們上」。

該如何進攻呢？他如此心想。

「GAAAOOWW！！！」

爪與爪朝他揮下，利牙緊逼而來，伊亞瑪斯靈活地閃開，從底下鑽過。

龍在地上被視為傳說中的怪物，在「迷宮」裡則不然。

伊亞瑪斯記得。至於自己是在何時、何處知道的，則忘得一乾二淨。

沒錯，綠鱗片的龍在「迷宮」內部，只不過是連中等程度都不到的弱小敵人——

被那種貨色一點一滴地削減專注力（Hit Point），並不好玩。

何況另外兩人跟伊亞瑪斯比起來，力量（Level）也不夠。

在「迷宮」未攻略領域的冒險，應該會是不錯的經驗，前提是要等他們冷靜下來，反覆咀嚼再說。

也就是說，不活著——就算成了屍體，只要有一個人倖存即可——回到地面，就沒有意義。

伊亞瑪斯右手拎著刀，左手結起法印。

可以選擇的選項只有一個，法術。

回合間的空檔，他有種時間在無限拖長的錯覺，打開腦中的魔法書。

——「小炎（哈利特）」不行。

儘管毒氣龍算不上多強大的敵人，**最弱**的法術不可能對牠管用。

「大炎（亞哈利特）」也沒用。「炎嵐（拉哈利特）」或許有希望——但不能保證。

也是可以用「障壁（柯魯茲）」或「封魔（巴柯魯茲）」從牠的火焰底下保護自己，不過……

——沒道理陪牠玩那麼久。

「來個帥氣的招式吧……」

毒氣龍放聲咆哮，當然不是因為聽見了伊亞瑪斯的咕噥聲。

但在這座「迷宮」裡面，沒有冒險者會被龍的咆哮（Dragon Roar）嚇到。

毒氣龍大吼著揮下爪子。

伊亞瑪斯不可能蠢到直接接下這連鋼鐵都能撕裂的一擊。

他用扛在右肩的刀刃擋開爪子，一口氣殺到巨龍身前。

龍嘴張開，利牙露出。從內臟溢出的硫磺臭味。喉嚨深處的白光。

全是伊亞瑪斯感覺得到、近在眼前的死亡氣息，他只是心想「是啊」，默默接受。

龍也在注視伊亞瑪斯，凶光閃現的眼睛捕捉到揮下的白刃。

伊亞瑪斯微微揚起嘴角。「——……」蘊含真實力量的話語自口中迸發。

話語化為炙熱的白光，發出嗡嗡的低鳴聲在空中繞成漩渦，電光凝聚在法印之上。

伊亞瑪斯纏繞雷電的左手，擊中毒氣龍的下巴。

「『傑阿利夫　萊卡夫（神鳴之拳啊）』!!」

「GOOROGGG！！！？！？」

他之所以有辦法將龍頭擊向上方，發出轟然巨響，當然不是拜他的臂力所賜。

「神拳（茲札利克）」。魔法師能夠使用，少數擁有神之名的法術。

這一拳促使神威炸裂，雷霆貫穿毒氣龍的全身，將其燒成焦黑。

足以讓大氣沸騰，滅殺龍族，儼然是極大的——在神話敘事詩中出現的威力。

在這座「迷宮」裡僅僅是第四級，中間程度的法術，然而……

——這招必須直接接觸敵人，正常的魔法師不太會想用。

全身有一半淪為焦炭的龍，散發帶有焦臭味的黑煙，咚一聲倒地。

伊亞瑪斯無視撼動墓室的地震，以及茫然看著他的拉拉伽，嘀咕道：

「好了……」

視線前方————是一個放在墓室角落的染血寶箱。

＊

「結、結束了嗎……？」

戰戰兢兢。拉拉伽爬過來觀察情況，伊亞瑪斯回答：

「不，還沒。」

「arf！」

賈貝吉叫了聲。

她快步走向寶箱，得意地哼氣，挺起胸膛，彷彿在說那是她找到的。

「yelp！yelp！」

「別碰喔。」

伊亞瑪斯熟練地對坐立不安、心急如焚的少女叮嚀一句。

賈貝吉立刻安分下來（看起來不太服氣就是了）。話雖如此，她並沒有理解他的意思。

純粹是伊亞瑪斯叫她不要做，所以她才不做，乖乖等待吧。

拉拉伽心不在焉地看著，這時，伊亞瑪斯說出令他不敢相信的話。

「怎麼了？這是你的工作吧？」

「……啥？」

他眨了幾下眼睛。思考現在的狀況、他所說的話，以及自己有沒有忽略什麼。毫無頭緒。雖然他一頭霧水。

「這種時候……叫我開寶箱喔。」

「我不懂你的意思。」

拉拉伽像在確認似地詢問，回答他的是他自己想說的話。

伊亞瑪斯悠然站在寶箱旁邊，接著說：

「團隊裡明明有盜賊，為何要無視寶箱？」

拉拉伽無言以對。

他的語氣簡直像在問肚子餓了，為什麼不吃飯。

因為他知道，伊亞瑪斯認為這是再普遍不過的常識。

這男人完全沒有考慮過拉拉伽不打開寶箱的可能性。

「你、你不擔心——」

拉拉伽腦中有各種想說的話打轉，從喉嚨擠出聲音。

「我會觸發陷阱，害大家全滅嗎……」

最後脫口而出的，是對自身實力的不信任。

伊亞瑪斯的回答與拉拉伽動盪不安的內心形成對比，沒有一絲動搖。

「會中毒針或麻痺毒的人是你，就算炸彈爆炸，我大概也不會死。」

只要自己不死，就能把屍體帶到寺院復活。

伊亞瑪斯是這麼說的。拉拉伽眨了幾下眼睛，賈貝吉小聲打了個哈欠。

在這座「迷宮」中，死亡不代表盡頭。

拉拉伽也明白。他自認明白。不過——

——如果有人問我能不能自然接受這個道理……

他沒有信心。不對，說起來，這男人感覺也不是「接受」。

所謂的「接受」，是指設法容許不同的常識。

而這個名為伊亞瑪斯的男人的態度，儼然是——沒錯，儼然是「迷宮」的怪物。

在「迷宮」的生存方式已經和這男人融為一體，跟呼吸一樣。

——這傢伙真的……

跟我是同樣的生物嗎？

「……我會試試看，但不要期待啊。」

「放心吧。裡面的東西值不值錢，回鎮上鑑定後才會知道。」

——不是那個意思。

拉拉伽看似有選擇的餘地，實則沒有。

他發現這件事，嘴角揚起嘲諷的笑容——連當事者都不知道是出於自嘲還是恐懼。

——跟平常一樣嘛。

他從腰間拿出手製的工具，著手準備瞞著氏族的人弄來的小小鐵絲道具。

眼前是不會講話也不會動，放在地上的寶箱。

「…………呼。」

他先做了個深呼吸，右手拿起短劍，然後在寶箱周圍揮動。

機關——沒感覺到。

——外圍沒問題……

他接著蹲在寶箱前面，從道具中拿出特別薄的一種。

形似銼刀的那東西輕輕插進寶箱蓋子的縫隙間，慎重地轉了圈。

若有連接蓋子和寶箱的繩子，靠這招就能判斷。

開蓋的瞬間打開藥瓶的蓋子或扣下石弓的扳機，觸發陷阱——似乎沒有這樣的機關。

「真熟練。」

伊亞瑪斯說道。拉拉伽皺起眉頭。

「……你在諷刺我嗎？」

「是我在旁邊看的感想。以你的力量(Level)來說挺熟練的。」

拉拉伽沒有回答。

他沒有指導他的師父。

盜賊也是因為動作敏捷或身材嬌小這種理由，被人硬塞的職位（Class）——

——到頭來，只是個肉盾。

同伴沒有寄望他解除陷阱。代替我們承受攻擊，當一個肉盾，就這麼簡單。

除了他以外，也有其他類似的人覺得自己應該能做到什麼，懷著無憑無據的期待來到「迷宮」。

最後都被氏族的人抓住，當成肉盾……

那些傢伙一個接一個死去。

被炸彈炸飛、中了毒針或麻痺毒的陷阱，被扔在墓室不管。

拉拉伽被迫排進等死的隊伍之中，盯著其他人的下場。

在真正意義上拚上了性命。

夥伴——不是指氏族的人——夥伴是怎麼死的？

中了什麼樣的陷阱、犯了什麼樣的失誤、迎接什麼樣的死法，他盡可能記在腦海。

設置在寶箱外圍的針。牽在蓋子跟寶箱之間的線。

傻傻地窺探鎖孔，會被石弓射穿腦袋，這件事他也親眼見識過了。

死者是個嬌小的圃人少女，她說她想賺錢給故鄉的雙親用。
明明被抓進了氏族，她卻經常唱歌。他覺得她的聲音很好聽。
最後聽見的是『喔!?』含糊不清的聲音。
額頭插著箭矢，仰躺在地上抽搐的她，用混濁的雙眼看了他一眼。
然而，其他人用長靴踹她的頭部，把她當成一顆球踢到墓室的角落。
那些傢伙哈哈大笑，扒光少女身上的裝備，對拉拉伽說。
『下一個就輪到你了。』
他不知道這件事讓他學到多少經驗。
唯一可以確定的是，拉拉伽勉強活到了現在。
還有她的屍體依然被扔在墓室。
「……………很好……」
他花了一段時間調查寶箱的周圍，調查蓋子和寶箱，得知沒有陷阱。
但不能大意。接下來終於要處理鎖孔了。拉拉伽拭去額頭的汗珠，著手調查。
「whine……」
賈貝吉在背後無聊地叫了聲。他將雙手和意識分隔開來。
這不代表他不專心，拉拉伽喜歡用探針戳鎖孔的工作。
眼前的機關會隨著他的動作移動。理所當然，單純的構造。

操作探針，慢慢解開它——可以讓他不用思考多餘的事。

自己現在的處境、死去的那女孩、被殺掉的同伴、殺掉他們的男人。委託人。

拉拉伽的雙手慎重地動作，嘴裡冒出一句話。

「喂。」

「嗯。」

他沒有期待他應聲，伊亞瑪斯卻老實地回答了。

說到老實，這男人在開鎖過程中也沒有要離開的跡象。

拉拉伽與寶箱搏鬥的期間，他一直待在旁邊。賈貝吉也是。

所謂的團隊就是這樣嗎？

團隊。這叫團隊？在莫名其妙的狀況下慢慢湊在一起的三個人，叫做團隊？

有點愉快。拉拉伽稍微這麼覺得，接著說道：

「這塊大地是平面，邊緣是斷崖絕壁。如果我說我想去對面看看……你會笑我嗎？」

「冒險的目的因人而異。」

喀嚓。拉拉伽解開一個機關，等待他說下去。

這男人是冒險者。

他不清楚冒險者的定義。不過可以確定，他跟氏族的人不同。

他想聽聽看冒險者的回答。

「渴望金錢、力量。君主的聖衣、妖刀、不明的武器……也有這樣的人。」

伊亞瑪斯的話語，一字一句落在墓室中。

「迷宮」萬籟俱寂。

只聽得見拉拉伽操作探針的聲音、賈貝吉哼氣的聲音。

還有伊亞瑪斯悠閒的聲音。

「重點在於要不要去『迷宮』、要不要去冒險。僅此而已吧。」

「……為此把新人當成棄子用的人也是嗎？」

「我從來沒想過。」

真是乾脆的答案。

「我光顧著我的冒險就忙不過來了。」

「你的冒險……」

探針傳來微弱的手感。他往前撥了下。機關咬合在一起。

慎重地，一步一步來。

跟伊亞瑪斯扔出金幣再收線，沒有太大的區別。確保安全，踏出下一步。

「你也有目的嗎？」

「對。」伊亞瑪斯笑道。「講了你應該也不會信。」

拉拉伽正想開口詢問的瞬間，蓋子發出「叩咚」的聲響掉下來。

成功打開寶箱了。

「Ｂｏｗ!!」

「唔喔……!?」

賈貝吉擠開拉拉伽撲向寶箱，窺探裡面叫了聲。

沒辦法仔細觀察內容物的拉拉伽，連生氣的心力都沒有，累得吁出一口氣。

他碰觸額頭，汗水淋漓。

「幹得好。」

「……被你稱讚我也不會高興。」

拉拉伽冷淡地回答伊亞瑪斯。

可是，他確實感到了滿足感——成就感。

自己的任務、自己的戰鬥，有種打了場勝仗的感動。

可惜他在回到地面的路上又開了五、六個寶箱，害這樣的感動消失殆盡。

＊

世界閃耀著金色。

並非譬喻。

微微擦過地平線的太陽灑落的陽光，將萬物染上美麗的色彩。
「迷宮」和與其相連的街道彷彿透著淡淡的金色，宛如純金的豪宅。
拉拉伽一瞬間無法分辨那是日落還是日出，不由得停下腳步。
不過，他馬上看出那是日落。太陽東升西落。
但那是**哪一天**的日落，就不得而知了。
是進入「迷宮」的當天、隔天，還是三日後、一週後、一個月、一年……搞不好是四十年或上百年。
因為「迷宮」和地面，連時間感都不一樣。
「平安回來了……」
「……arf。」
成就感和興奮的心情早已消散，只剩壓在身上的疲憊。
不用擔心有生命危險了——至少沒有怪物和陷阱。
對拉拉伽而言，光這件事就值得慶幸。
至於賈貝吉精疲力竭的原因，當然只是她玩太瘋了。
「還沒結束。」
沒有任何變化的男人一如往常的聲音，刺在拉拉伽背上。
「要去酒館隨便找個主教(Bishop)鑑定，才能賣錢。」

「酒館……？」

「找武器店鑑定的話，會被坑一筆。」

有什麼好奇怪的？伊亞瑪斯咯咯笑著。

背上扛著多裝了回程撿到的裝備，變得更加巨大的包袱。

拉拉伽發現袋子原本的用途是屍袋，卻沒力氣說出口。

塞滿袋子的財寶的重量，有如亡者的指甲掐在肩膀及背上。

為了遠離那東西，他想盡快去旅館——去馬廄睡覺。

想不到那堆稻草的觸感，竟然會有讓自己心心念念、迫不及待的一天！

——不過……

即使睡馬廄不用花住宿費，吃飯還是要錢。

拉拉伽身無分文。現在不去酒館的話，明天又得挨一整天的餓。

「…………好啦。跟去就行了吧？」

沒有選擇的餘地，拉拉伽無奈地做出決定時——

「嗨，怎麼？沒賺到錢啊？」

跟「迷宮」的氣氛並不相襯的爽朗聲音從身後傳來，彷彿一掌拍在背上。

拉拉伽忍不住抖了下，轉頭一看，站在眼前的是六人……五人與一具的團隊。

最前面那個戴著龍頭頭盔的戰士，肩上扛著布袋——屍袋。

「竟然帶著活人，而不是死人回來，你很遺憾對吧。」

「真羨慕你。」伊亞瑪斯說。「死的是霍克嗎？」

「那個笨蛋怎麼殺都死不了。」

回答他的是待在戰士背後的精靈女性。

她穿的是僧服：龍頭頭盔戰士、精靈女僧侶，以及——

「盜賊判斷是毒針，結果打開寶箱一看，是炸彈。真服了他。」

「偶爾跟霍克以外的人組隊，就會碰到這種事，傷腦筋。」

「是後輩拜託我咱們幫忙訓練他的。看這程度，哎呀，實在丟臉。」

矮人主教、人類魔法師、圃人盜賊接連加入對話。

決定性的證據，是霍克溫這個名字。

在「斯凱魯」自稱盜賊的人都會聽過的名字。

拉拉伽只是勉強稱得上盜賊，但他仍然認得出。他們是——

——賽茲馬的團隊……!?

「你、你們認識這些人嗎……!?」

「ｙａｐ。」

他悄聲詢問，賈貝吉當然只是興致缺缺地叫了聲。

問錯人了。

然而，拉拉伽沒有勇氣在伊亞瑪斯面不改色地跟頂尖冒險者交談時插嘴。

女精靈——莎拉見狀，露出貓一般的笑容注視他。

「伊亞瑪斯，我聽艾妮說了。你終於跟人組隊啦？」

莎拉好奇得兩眼發光，往這邊湊過來。證據就是形似竹葉的耳朵正在上下擺動。

「就是那兩個孩子對吧？艾妮說是女生，原來還有一個男孩。」

「啊——」

伊亞瑪斯昂首望天，好像不知道該如何回答。

他像在絞盡腦汁似的，目光游移，望向賽茲馬。

頭盔無情地左右搖晃，龍頭也跟著移動。

「我也不明白事情經過。拜託我也沒用。」

「我想也是。」

伊亞瑪斯嘆了口氣，背好他回收的行囊，再度嘆息。

「請你喝酒，幫我一個忙。」

「行。」

賽茲馬——儘管他的臉被頭盔遮住，大概，一定——露出燦爛的笑容。

不過，給人的感覺並不討厭，這也是多虧他的品德吧。

他將嚷嚷著「去喝酒囉！」的夥伴晾在一旁，詢問伊亞瑪斯：

「實際上怎麼樣？我也有興趣。」

「我想想。」

伊亞瑪斯雙臂環胸。拉拉伽下意識吞了口口水。他開口說道：

「有天分，但缺乏經驗。」

「這樣啊，這樣啊！」

賽茲馬聞言，心情變得更好了。

他笑咪咪地往拉拉伽的背拍下去，手甲的衝擊震得他「唔喔!?」倒向前方。

「太好了，少年，還有賈貝吉小姐。以這男人來說，是很高的評價喔。」

賽茲馬不顧站不穩的拉拉伽，開始亂揉賈貝吉的頭。

狗毛般的捲髮被揉亂，少女「ｙｅｌｐ！ｙｅｌｐ！」大叫著抗議，同樣遭到無視。

不久後，她大概是發現抵抗毫無意義了，安分下來，伊亞瑪斯沒有理會她，聳聳肩膀。

「怎麼把我說成這樣。」

「這就是今天的下酒菜了。那麼出發吧！冒險完喝的酒特別美味！」

「咦，啊，等等……!?」

雖說他剛才確實打算跟去。

拉拉伽連講話的機會都沒有，就被賽茲馬拖走，又差點跌倒。

明明不會痛，抓住手臂的手甲卻跟鐵枷一樣牢固，文風不動。

除此之外，他身邊全是有名的冒險者（All Stars），不可能放他逃掉。

「喂、喂，慢著……！」

拉拉伽儼然是被帶走的囚犯，他望向黑衣男子求救。

喉嚨好緊。感覺像這輩子第一次開口說話。

「伊亞瑪斯──賈貝吉!!」

有得到回應，恰似一汪清泉的藍眸盯著拉拉伽。

「Ｂｏｗ！」

這是在道謝、激勵、放棄掙扎，抑或沒有任何意義？

賈貝吉叫了聲，有如小跑步跟在主人後面的小狗，追上伊亞瑪斯。

伊亞瑪斯則聳聳肩膀，悠閒地邁步而出。

完全沒有要救他的意思。

──算了。

拉拉伽心想。感覺不壞，遠比待在氏族的時候舒適得多。

「給我記住！」

語畢，他笑了，決定補上一句。

「我叫拉拉伽!!」

最後，他們在酒館請主教──塔克和尚幫忙鑑定，寶箱的內容物是便宜貨。

不過是以「迷宮」的收穫來說。

拿到外地去賣，就算不能一生不愁吃穿，應該也能揮霍個數十年。

伊亞瑪斯依約將那筆錢扣除付給塔克和尚的手續費後，平分給所有人。

可是──拉拉伽沒想過要帶著錢離開城市。

他所想的是「迷宮」、伊亞瑪斯、賈貝吉、夥伴、委託人。

判斷下次會更加順利，心滿意足的他，鑽進馬廄的稻草堆裡。

至少──暫時是這樣。

第三章
斯凱爾

「妳很開心的樣子。」

「是嗎？」

艾妮回答伊亞瑪斯的語氣，確實有幾分雀躍。

某天下午，於寺院。

溫暖宜人的陽光，從鉛灰色雲朵的縫隙間灑落。

能跟有著一頭美麗銀髮的精靈——艾妮琪修女說上話，想必有許多男性會為此羨慕不已。

前提是地點至少不要在停屍間——保管冒險者遺體的地方。

「看起來心情很好。」

伊亞瑪斯對於其原因毫無頭緒。雖然他也不會想知道。

——心情好是好事。

伊亞瑪斯是對理由不感興趣，覺得心情好就好的男人。

畢竟他連控制自身的情緒都有難度。其他人能自己管好自己，再好不過。

他漠不關心，艾妮卻沒有因此感到不快，回答：

「是的，因為我萬萬沒想到你會有找到同伴的一天。」

「同伴？」他歪過頭，視線前方是蹲在地上的少女「ｗｏｏｆ！」忿忿不平地低吼著。

「同伴……」他念念有詞，視線前方是拉拉伽在一邊抱怨，一邊搜索戰死者的遺物。

伊亞瑪斯嘆了口氣。

「我沒有那個意思。」

「因為這是我的主觀印象，而不是你的主觀印象。」

也就是站在客觀角度來看嗎？伊亞瑪斯沒有否認，「唔」了聲。

的確，先不論會同行到什麼時候，他們確實會一起踏進「迷宮」……

「這樣的話，得添購不少東西啊。」

「那我可以陪你。」

「嗯？」

艾妮喜孜孜地回答那近乎於自言自語的呢喃。

伊亞瑪斯無法理解她的意圖，她豎起一根手指說：

「要採買物資對吧？」

嗯，沒錯。伊亞瑪斯坦率地承認。否定了又能如何？

「那麼，我問你。」艾妮琪修女笑容滿面地接著說：「你要買什麼？」

「這個嘛——」

伊亞瑪斯再次望向賈貝吉和拉拉伽。

翹起來的紅髮。瘦弱的身體。粗糙的項圈。與破布無異的衣服。大劍。

亂糟糟的黑髮。骯髒的身體。拼湊而成的鎧甲，以及稱不上武器的短劍。

觀察了一會兒，伊亞瑪斯咕噥道：

「武器和防具，還有藥跟卷軸。」

店裡賣的東西不會高級到哪去。

頭盔、圓盾。鎧甲也是鎖子甲或胸甲。不曉得有沒有賣銅製的護腕。

藥跟卷軸八成也不會賣太好的，可是對於施法者不足的團隊來說十分珍貴。

畢竟伊亞瑪斯自己半個回復法術都不會用。

最嚴重的問題是，等著他清算欠在那邊的捐款金額的修女，會允許他花這麼多錢嗎？

「受不了你……」

艾妮琪修女這次笑著說出之前說過的話。

「我就知道。」

「果然不行嗎？」

「嗯，無論如何都不行。」

艾妮點點頭，呼喚少年少女。

「你們兩個。」

「ｙａｐ！」

賈貝吉率先叫了聲，跑向艾妮——或伊亞瑪斯。

艾妮伸出纖細的手臂撫摸那頭紅髮，她舒服得閉上眼睛。

跟在後頭的拉拉伽，步伐則十分沉重。

「……累死我了……」

拉拉伽將裝滿東西的布袋扔到地上，發出鏘啷鏘啷的金屬碰撞聲。

全是已經消失(Lost)的冒險者的裝備。

長時間擱置在「迷宮」的屍體，不分狀態，有時會失去重新站起來的意志。

或是寺院判斷不會有任何人來幫忙復活，決定埋葬的人。

靈魂消失。抹消身分。連變成灰都不會，永久消失(Lost)。

拉拉伽得知這件事的時候莫名焦躁——但那已是過去式。

疲憊不堪的時候，連煩惱的時間都不會有。

事情的起因是艾妮微笑著叫住扛著屍體回到寺院的三人。

『我現在要整理、處理不會有人來接回去的死者的遺物，方便請你們幫忙嗎？』

聽見她說會支付工資，拉拉伽欣喜若狂地回問「真的假的!?」一不小心上了賊船。

要人出力得付出代價理所當然，也就是工資愈高，工作也會愈辛苦。

首先，遺體的數量太多。而且通通是戰死的。

卸除裝備聽起來是很簡單，不過卸除壓爛、碎掉、變形、融化的鎧甲，相當耗體力。

——是說，這些人是怎麼死的……？

每次想像起那個畫面，拉拉伽就有種寒意從腹部擴散至全身的感覺。

再加上還要拆下陷進遺體的那些裝備，導致他手指陣陣發麻。

就算有鉗子、鐵皮剪、鎚子、鋸子、銼刀等工具可以用，仍舊很費力。

拆下裝備後，等待他的是分類。

看起來還能用的、看起來不能用的。看起來可以賣的、看起來不能賣的。

沒錯，看起來可以賣的。

沒有當成陪葬品跟屍體一起下葬的裝備，大部分會由寺院處理——

——意即，錢會落進寺院的口袋。

伊亞瑪斯不認為這叫貪心，但他覺得這麼做會招來罵名，也是無可奈何。

「不錯的訓練吧？」

艾妮笑著說道，拉拉伽一副講不出話的樣子，以呻吟回應。

看到賈貝吉和拉拉伽的表情，艾妮的笑容變得更加柔和。

「我實在不放心讓你一個人去購物……」

銀髮精靈美麗的眸子瞥向伊亞瑪斯。

「所以我就陪你一趟吧。」

＊

正確地說，她的意圖是多付一筆工資，請他們幫忙將武具防具搬去店裡賣。

一不做，二不休。拉拉伽咬緊牙關，背著壓在背上的沉重貨物前進。

「混帳東西……妳真的，會給錢，吧……！」

「那當然，都已經答應你們了。」

午後時分的「斯凱魯」的街道上，瀰漫非常鬆懈、懶洋洋的氣氛。

畢竟大部分的冒險者早上就會朝「迷宮」出發。剩下的人則是在休假，這種氣氛再正常不過。

然而，這不代表這座城市不再喧囂。

吵鬧的是冒險者以外的人。

為冒險者帶回來的財寶，以及冒險者掉落的金錢聚集而來的人。

「收購您不要的武器防具！還為冒險者提供免費的估價服務喔！」

「找到飾品請務必到本店看看！本店會高價收購！」

「要長時間在外面玩的話，考不考慮僱人幫您拿火把!?跟『迷宮』不一樣，晚上有他在就放心了!!」

「西方的葡萄酒！北方的蜂蜜酒！四方的各種美酒應有盡有！」

「想接受女神愛的指導嗎？現在馬上就能提供服務！」

「加一枚銀幣可以多一個人享樂喔!!」

走在大街上，氣勢十足的攬客聲從未間斷。

天還沒暗，猥褻的詞彙就從各處傳來，不過這些行為也是為了幫冒險者補充活力。可謂理所當然。

艾妮琪修女沒有表現出任何厭惡，瀟灑地走向前方。

旁邊的伊亞瑪斯引來路人的側目，原因或許也在於此。

還是說，這些人沒發現帶著紅髮少女、盜賊少年和修女的他是伊亞瑪斯？

或者——誤以為艾妮琪修女是一名**流鶯**？

——萬一真的是這樣，他們肯定會遭天譴。

根據傳聞，也有女性會趁晚上的時候，在墓地或神殿履行職責。

的確，就算撇除掉她是妖精這一點，走在前面的銀髮女性依然是個美女，身材也很好。

拉拉伽以前住的鄉下地方，根本不可能看見這樣的人——

「怎麼了嗎？」

「沒、沒事……」

總而言之，拉拉伽賣力地搬運貨物。

「真的，」他像要驅散自己心中的邪念般，又問了一遍。

「要買劍給我嗎？」

「這是由伊亞瑪斯先生管理的。」

艾妮呵呵笑著，彷彿看穿了拉拉伽的想法。

「我只負責插嘴。」

「備齊裝備不會有壞處。」

拉拉伽無視呆呆點了下頭的伊亞瑪斯，想像起來。揮舞大劍的自己。

他當然不會使劍。

他夢想的姿態，是小步走在路上的少女揮劍的英姿。

「ａｒｆ？」

「沒事。」

少女轉頭露出「幹麼」的表情，又面向前方。

根本聽不懂別人在搭訕的她，因為嘈雜的人聲而板起臉，甩著頭。

可是，從攤販飄出的烤肉香氣又讓她好奇地抽動鼻子。

「嗯……」拉拉伽皺起眉頭。「虧妳還有食慾……」

「yap？」

儘管她沒有像拉拉伽那樣靠得那麼近，她才剛看過大量的屍體。

賈貝吉面露疑惑，看起來完全沒有受到影響。

她彷彿隨時會衝向攤販，粗糙的黑色護甲一把按在她的紅髮上。

「等等再吃飯。」

「woof……」

賈貝吉發出不服的聲音，卻沒有繼續抗議。

她並未反抗，乖乖跟在後面，由此可見，這兩個人應該處得不錯，然而……

——真搞不懂他們的關係。

如此心想的拉拉伽也沒有抱怨任何一句，背好背上的貨物追上其他人。

想到以前待在氏族時的待遇，這點雜務根本不算什麼。

而且工作完還能拿到跑腿費跟裝備，既然如此——

——不聽話的人才是白痴……！

已經從「迷宮」平安歸來數次的拉拉伽，是否有發現呢？

他扛著一般人不可能搬得動的裝備，步伐卻穩如泰山。

布袋都重得陷進肩膀了，除此之外他並未感覺到任何疲勞。

不過——即使他察覺到了，拉拉伽應該也不會因為這件事就樂得忘我。

他筆直凝視前方，就只看著那一點。

悠哉地小步走在路上的賈貝吉，在她背上搖晃的——巨大的大劍。

「哎呀。」

所以，艾妮看到他這樣微微一笑，他也沒有放在心上。

拉拉伽只是專注地，默默繼續前行。

*

不久後，伊亞瑪斯停在遠離大街的招牌前。

「……哎呀。」

艾妮琪修女眨眨眼，賈貝吉歪頭發出「Hm」的聲音。

拉拉伽背好背上的貨物，仰望那個招牌。

「這裡嗎？」

招牌上畫著劍與盾的圖案，旁邊是描繪出和緩弧線的貓尾（Cat Rob）。

「強盜貓商（Trading Post）」。

是武器店嗎？拉拉伽看著招牌，「鏘啷」一聲放下貨物。

「這家店嗎？——你怎麼了？」

「喔……沒事。」

伊亞瑪斯喃喃說道，搖了下頭。

「只是在想，這個店名什麼時候看都有種懷念的感覺。」

「說不定你以前也來過這家店。」

「只是對店名有印象吧。」

「那也是一件好事。」

畢竟除了「迷宮」探險，這男人有興趣的事情屈指可數。

——能讓他想起過去的線索愈多愈好。

艾妮琪修女愉快地搖晃細長的耳朵，再次點頭。

「只要想起過去，你堅持探索『迷宮』的理由或許也會消失。」

「不可能。」

伊亞瑪斯笑著打開店門，賈貝吉跟在後面鑽進去。

「ａｒｆ。」

少女回頭叫了聲，艾妮嘆著氣將手伸向門——

「————？」

她發現拉拉伽面露疑惑，停下來轉頭望向他。

「怎麼了？」

「沒事。」說了跟伊亞瑪斯一樣的話，令拉拉伽忍不住皺眉。

「想起過去……是什麼意思？」

他之所以猶豫要不要問這個問題，是因為冒險者的過去不該過問。

拉拉伽自己就是這樣。關於在村裡的生活、關於在氏族的生活、關於那女孩。

有人問他也不想說——但他還是會好奇。

那個全身烏漆抹黑，分不清是魔法師還是戰士的神祕男子。

就算只有冰山一角也好，他會想要嘗試抓住那男人的影子，也是無可奈何。

艾妮沒有猶豫，站在門口瞄向店內。

「那個人不記得復活前的事。」

「啥……？」

拉拉伽不禁發出錯愕的聲音。

他跟艾妮琪修女認識不久，卻不會想去懷疑這個人說的話。

即使如此，「她在說什麼啊」的情緒還是脫口而出。

「你不相信對吧。」

笑聲自喉間傳出，艾妮看著已經走進店裡，站在黑影中的男人輕聲說道：

「聽說精氣（Level）被夢魔（Succubus）吸走的人，會有這樣的症狀……」

——夢魔啊。

拉拉伽當然沒遇過那麼可怕的怪物。

身為男性，他會想見識看看，可是身為男性，他不想表現出來。

「夢魔也好，其他生物也罷，很難想像那傢伙被女人迷住的樣子。」

「是呀。」

艾妮嘆著氣說，他看起來不是會被夢魔騙走的人。

再說，如果真的被夢魔吸乾精氣而亡，連復活的機會都不會有。

那意味著靈魂徹底消失，他不可能存在於此。

銀髮隨著艾妮搖頭的動作搖晃，閃閃發光。

「好了，進去吧，這家店一定能找到不錯的武器。」

拉拉伽跟著踏入店內。不曉得是因為她的微笑，還是對武器的興奮，促使他心跳加速。

＊

「請看！很棒對不對!?」

艾妮琪修女帶著燦爛的笑容，將手中的商品抱在穿著僧服的胸前。

假如這裡是一般的店家——例如服裝店，想必有許多男性會為此看得出神。

可惜這裡是武器店，她抱在懷裡的是大劍，對象是伊亞瑪斯。

他瞥了艾妮胸前的劍一眼，丟出一句話。

「或許不適合賈貝吉用。」

店裡的品項多到讓人說不出話。

拉拉伽剛踏進去就目瞪口呆，被周圍貨架的魄力震懾住。

上面的武器比拉拉伽這輩子看過的還要多。

架上滿滿的劍、盾、鎧甲、杖、鎚子，諸如此類。

長槍等長兵器和弓箭比較少的原因，可能是能在「迷宮」裡使用的武器需求較高吧。

疑似被放置許久的裝備也一塵不染，真是奇妙。

——比想像中還大…………

可是，好擠。

拉拉伽被堆滿四周的貨架嚇到，腦中浮現這樣的感想。

不全是因為武器防具的數量。

艾妮抱著的劍，在昏暗的店裡綻放皎潔的光芒。

是魔法武器。

仔細一看，架上還有其他會發出那種光芒的武器零星可見，拉拉伽吞了口口水。

儘管沒有傳說中的「君主聖衣（Rose Garb）」……

——說不定會有精靈的鎖子甲……

那些可怕武器釋放的魄力、沉重的空氣，壓在拉拉伽身上。

「我想要『魔法師殺手』……」

「哎呀，比起那個，我更喜歡『卡西納特之劍』。」

若無其事地聊著天的這兩個人，還有無聊地在旁邊發呆的賈貝吉不正常。

這家店——強盜貓裡面，充滿讓拉拉伽如此心想的氣氛。

「客人嗎？」

因此，這個聲音突然響起時，賈貝吉抬起臉，拉拉伽卻無法動彈。

不可思議的是，明明纖細微弱，卻清晰嘹亮，是奇妙的美麗聲音。

但那種美不是樂器的音色，更接近銳利的短劍刀刃。

拉拉伽顫抖著望向店裡，帳房後面的暗處。

看起來只有影子。

那個影子輕輕晃動。

「……!?」

「北海的，永久凍土的味道。是艾妮琪修女對吧。」

「好久不見。」

影子是個膚色蒼白的男精靈。

精靈的年紀通常難以判斷，跟猜測古木的樹齡一樣。

男子無視拉拉伽，以奇妙又彬彬有禮的姿勢朝艾妮合掌，微微低頭。

然後轉動眼珠子。

「還有古老的灰燼。伊亞瑪斯，你竟然還活著。」

「沒死。」

伊亞瑪斯心不在焉地點頭。

「看到招牌再看到你，會覺得怪怪的。」

「沒辦法。那是我的綽號。」

這段對話使拉拉伽終於得知這位古代精靈的真實身分。

店長——強盜貓本人。

——精靈開武器店？

這種店怎麼想都是矮人開更適合……

「還有金剛石的光輝——另一個是原石……或是石炭嗎？」

哼。強盜貓輕哼一聲，面向拉拉伽。

「新人對吧。」

「ａｒｆ！」

「嗯、嗯……」

賈貝吉滿不在乎地吠叫，旁邊的拉拉伽尷尬地東張西望。

伊亞瑪斯的視線不帶溫度，不能依靠他。艾妮點了下頭。拉拉伽吁出一口氣。

「有、有東西，麻煩你收購——」

他拿出渾身解數，努力發出有氣勢的聲音，然後急忙補充道：

「寺院的。」

拉拉伽抱起袋子放到櫃檯上，發出「鏘啷」的聲響。

強盜貓摸索著確認袋子的內容物，動作卻俐落得無法用「摸索」形容。

——他的眼睛。

拉拉伽發現這男人什麼都看不見，不寒而慄。

他怎麼看都不像失明的樣子——但事實上，這位古代妖精的眼睛確實喪失了機能。

強盜貓看不見的雙眼，直接射穿拉拉伽的內心。

「很多缺陷品。」

「唔……」拉拉伽嚥下一口唾液。「沒辦法，是從屍體身上扒下來的……」

「因為你試圖強行拆下鎧甲。」

「不這樣我是要怎麼卸除裝備……」

「砍掉屍體的肉。」

「嘔噁噁……」

拉拉伽想像起令人作嘔的畫面，發出近似悲鳴的呻吟。

他才剛看過一堆被怪物虐殺的遺體。

不過，強盜貓似乎**看出**了拉拉伽內心的動搖，朝他伸出手。

神奇的手掌，粗糙得不像精靈，卻有著精靈該有的纖細。

「你是盜賊吧。道具拿出來。」

「道、道具……？」

「開鎖道具，別跟我說沒有。」

拉拉伽乖乖聽話。

連艾妮都笑咪咪地看著他，至於賈貝吉和伊亞瑪斯就先不說了。

他覺得很難為情，可是為這種小事抗議又過於幼稚。

為了能夠隻身從伊亞瑪斯手下逃離，他無時無刻都帶著這套道具。

拉拉伽把它們放到櫃檯上，強盜貓只用手指碰了一下，就明顯板起了臉。

「……這些東西是？垃圾嗎？」

「少囉嗦。」拉拉伽咕噥道。「要用到的工具都有吧。」

「自己做的？」

「不行嗎？」

「不行。」

歪七扭八、品質簡陋，拉拉伽因為有其必要性，拚命製作的道具。

如今卻被人一口否定，不可能有人不生氣，然而——

「找時間來一趟。搞不好能幫你弄到好一點的東西。」

前提是你不是個傻子。拉拉伽覺得他在這樣暗示，氣得說不出話。

但他並未拒絕，因為對於自身的青澀，他再清楚不過。

他沒辦法憑一己之力存活下來。既然如此，別人的幫助再多都不嫌多。

拉拉伽實在太瞭解自己有多麼弱小，開不了口罵他多管閒事。

「錢就等鑑定完畢後，再送到寺院。」

「是的，沒有問題。」

強盜貓似乎認為這件事就這樣說定了，跟艾妮談起生意。

「隨你便。」伊亞瑪斯說。「要提升技術（Level）是個人的自由。」

他望向伊亞瑪斯，徵求他的意見，得到這樣的回應。不對，自己又不是這男人的部下。

跟待在氏族的時候不同。所以拉拉伽只有抱怨一句：「是喔。」

他望向依然杵在原地的紅髮少女。

清澈得嚇人的眼眸看著拉拉伽，彷彿在問他有什麼事。

「ａｒｆ？」

「……真羨慕妳這麼輕鬆。」

連話都不會說，跟奴隸一樣，曾經被當成廚餘的少女。

先不論是真是假，疑似不記得過去的冷漠男子。

跟那兩個人比起來，自己像樣得多——拉拉伽並不這麼覺得就是了。

＊

「盜賊哪裡需要武器。」

拉拉伽表示想要劍，被店長斬釘截鐵地拒絕。

「也不需要防具。」

「你是叫我去死嗎……」

拉拉伽不耐煩地說，可是店長的理論「盜賊的戰場是開寶箱吧」確實有理。

「在那之前的戰鬥沒有意義。」

「不過，」這時，站在旁邊的伊亞瑪斯伸出援手。「這傢伙是前衛。」

「你給我快點湊齊六個人。」

伊亞瑪斯沒有回答，聳了下肩膀，對拉拉伽投以不帶情緒的視線。

「去挑一把喜歡的劍吧。我出錢。」

「……這樣好嗎？」

「反正無論如何，艾妮都會把帳算在我頭上。」

考慮到事情經過。艾妮沒有因為伊亞瑪斯這句話而收起笑容。

「那我就來——」她站到了賈貝吉那邊。「幫這孩子挑裝備吧。」

「ｙａｐ？」

艾妮慈祥地用纖細的手指，幫歪過頭的少女梳理紅髮。

賈貝吉緩緩瞇起眼睛，大概是被她摸得很舒服。

「項圈我也想幫她拆掉……可是硬拆的話，感覺會害她受傷。」

沒錯，賈貝吉的脖子上還戴著那個粗糙沉重、散發黑色光澤的項圈。

拉拉伽一直在想「她不會嫌重嗎」，賈貝吉卻把它當成理所當然的存在。

就算有人說她一出生就戴著那東西，拉拉伽也會相信。

艾妮琪修女心痛地看著賈貝吉，嘆了口氣。

「好了，過來吧。來幫妳挑好用的劍和鎧甲。」

「ｗｈｉｎｅ……」

賈貝吉沒有抵抗。

她小聲哼氣，在艾妮的引導下往裡面走。

剩下的拉拉伽目光游移，卻沒有人催促他。

「呃……」

最後他也提心吊膽地走向深處，一副在「迷宮」徘徊的模樣。

——好壯觀。

感想這一句便足矣。

雖說要對付等同於神代怪物的敵人，不代表武器有特別下工夫。

到頭來，重點還是在鋼鐵上面。

歷經淬鍊，綻放白光的鋼鐵一字排開的模樣，令拉拉伽倒抽一口氣。

自己那把處理雜事用的小刀根本不能比。氏族成員的劍或許也一樣。

「這些……是在『迷宮』裡找到的武器嗎？」

「有幾把是。」

他並未期待答案，強盜貓低沉的聲音卻回答了他。

「但大部分是由人鍛造的。在真正意義上於『迷宮』發掘的武器不多。」

「……？」

「它們等於是傳說中的武器。」

強盜貓的語氣有如在吟詩作對。

拉拉伽無法想像。光是這家店陳列的劍，在他眼中就是傳說中的武器。

然而，對強盜貓而言似乎並非如此。

接著，他馬上閉上嘴巴，或許是覺得講太多話了。

拉拉伽不經意地伸手拿起擺在眼前的小刀，拔刀出鞘。

他默默觀察刀刃——腦中浮現先前隱約窺見的白刃光輝。

形似黑杖的騎兵刀。配戴那把刀的男人。拉拉伽的視線移向旁邊。

「伊亞瑪斯。」

「幹麼？」

「……你也會……想要那種武器嗎？」

「我覺得，以前我會尋找。」

以這男人的個性來說，這個回答十分模稜兩可。

他的語氣彷彿在回顧自己至今以來走過的道路，搖搖頭。

「不過，到頭來就只是手段。用來達成目的的手段。」

「手段……」

「有的話是很方便。」

伊亞瑪斯微微一笑——的樣子。

「但沒有也無所謂，方法要多少有多少。」

不是必須的。輕描淡寫地這麼說道的模樣、生存方式，拉拉伽不太明白。

——意思是，那傢伙的武器不是傳說中的武器嗎？

既然如此，自己是不是也能只憑著一把普通的小刀，就達到那個境界？

拉拉伽生疏地把玩著手中那把有如生平第一次碰到的寶劍的短劍。

聽見強盜貓在深深嘆息。

「所以我才不喜歡你。」

這時，店門突然打開——一名客人走進店內。

＊

「……啥？」

拉拉伽看過那名客人——從頭到腳用大衣遮住的人物。

不對，正確地說，是看過那件大衣。

莫名模糊的記憶。如同在畫上滴水，糊成一片的外貌。

——魔法師嗎？

「啊……！」

他將這名人物跟數日前於酒館見到的人連接在一起，與此同時，刀刃自外套底下射出。

雙刀。

拉拉伽只看得出這個事實。慘了。身體跟不上意識和思緒。

不，不對。

是**意識和思緒跟不上身體**。

拉拉伽沒有發現，他以為刀刃要砍中自己時，已經向後仰去，閃了開來。

「唔、喔、哇、啊!?」

——躲掉了……!?

比起偷襲，他更驚訝的是身體的反應。

想必是「迷宮」內部濃厚的死亡氣味，不知不覺間改變了拉拉伽的身體。

不是物體上的身體構造，而是精神、專注力（HP）。

儘管拉拉伽本人沒有察覺到，他的肉體敏銳地躲開了緊逼而來的死亡。

雙刀男似乎也吃了一驚，看得出他在大衣底下瞪大雙眼。

「呃啊!?」

可惜，這就是它的極限。意識跟上了身體，導致身體失去控制，狼狽地倒在地上。

拉拉伽仰倒在地，眼前是天花板。舉高的雙刃。死。

「bark!!!」

賈貝吉的速度則更在其之上。

少女大吼一聲，從拉拉伽上面跳過去，拔出背上的大劍使勁揮下。

——他可是人類啊。

閃過拉拉伽腦中的，是不合時宜的想法。

沒錯，人類。不是怪物。拉拉伽的身體會傾向前方，也是因為那股異樣感吧。

然而，賈貝吉的動作卻熟練得像有過好幾次經驗一樣。

「——!?」

舉起雙刃迎擊的男人，同樣驚訝得兩眼圓睜。

雙刀隨著尖銳的金屬碰撞聲四分五裂。從少女纖細的手臂來看，萬萬想不到這一擊會如此強大。

本來男子應該會在下一刻從頭到腳被砍成兩半。

兩把彎刀的犧牲，卻讓他驚險地撿回一條命。

「Ek！！！？」

緊接著，將大劍砸在地上的賈貝吉哀號出聲，摀住臉向後仰去。

——他嘴裡有針！

腦中浮現這個想法後，拉拉伽發現自己在剎那間看出了那是什麼。

——可惡，什麼情況……！

大腦和身體的運轉速度差太多了。肌肉、神經、眼睛，一切都太過迅速。

大腦一直在空轉，肉體急著擅自做出反應，為此不知所措。無法正常行動。

「Waah!?Waah……!!」

賈貝吉亦然——但她純粹是因為臉被針刺中了。

她甩著頭試圖把針甩掉，纖細的銀針卻不可能這麼容易就掉下來。

「喂，別碰它。」

強盜貓以平穩的語氣警告，拉拉伽終於發現男子的行動。

失去武器的男子將空出來的手伸向牆壁，抓住掛在牆上的其中一把劍。

他「鏗」一聲拔劍出鞘，散發朦朧紫色妖氣的異常劍刃顯現而出。

不僅如此——

「————……………」

刺客蘊藏銳利意志及殺氣的雙眼，忽然變得混濁。

拿著劍悠然站在原地的模樣，架勢和一切都變得判若兩人。

但也不是茫然自失。無神的雙眼看著拉拉伽。

他只想得到一個原因。

「魔……魔劍……!?」

拉拉伽搖搖晃晃地站起來，顫抖不已，卻還是勉強握住了手中的短劍。

賈貝吉仍然在地上掙扎，不能依賴這名嬌小的少女。

不如說，拉拉伽心中的某種微小思緒，不允許他做出這個選擇。

可是，先不論賈貝吉——

「喂，想點辦法啊……!?」

「那把……鈍劍是什麼？」

理應有能力應對的這男人為何悠哉地抱著胳膊，袖手旁觀？

「『雙面刃（Sword of Swisher）』。是我個人的收集品，不是商品。」

用看不見的眼睛旁觀的店長也是，語氣聽起來是發自內心的喜悅。

「是把好劍對吧？由失落的古代魔法及鍛冶技術打造而成。被詛咒只是小問題。」

「『雙刃劍（Broad Sword）』嗎？」伊亞瑪斯不知為何換了個說法，笑道：「真是不吉祥的名字。」

「你們在……!!」

亂扯些什麼啊——拉拉伽的話沒能說出口。

因為刺客的身影緩緩搖晃，以傀儡人偶般的動作襲向他。

「唔、喔哇！！！？」

一隻手臂反射性抬起，用短劍擋掉（Parry）。火花在昏暗的店內炸開。

拉拉伽忍不住踉蹌了一下，不過賈貝吉就蹲在他身後。

為了避免撞到她矮小的身軀，他咬緊牙關站穩腳步，踏上前。

「看招……!!」

他豁出去了。可是，手中的短劍用起來非常順手。不對——

——好厲害……！

興奮、感動、全能感。一直在最底層生活的自己，正在跟魔劍交鋒的事實。

和與龍對峙的時候不同。面對那麼強大的怪物，他連自己有沒有辦法活下來都不知道。

現在也差不多。

一次、兩次、三次。拉拉伽拚命抵擋傀儡人偶胡亂揮動的劍刃。

光是防禦就竭盡全力，手掌發麻。老實說，他不認為自己有勝算。不過……

——說不定。

說不定會贏。自己有辦法跟他打。這件事讓他覺得飄飄然的。

沒錯，大腦明明還跟不上身體的速度，卻得意了起來。

「啊……!?」

咻。起了貪念揮下短劍的手臂、劍刃，以出乎意料的速度劃過空中。

糟糕。直覺告訴他，致命的破綻，逼近眼前的劍刃，會死。僅僅一回合的失誤。致命的——

「喝啊啊啊……!!」

© so-bin

響徹四方的，是讓人覺得有一絲可愛的威風戰吼。
拉拉伽感覺到地板在震動，看見有顏色的風從身旁穿過去。
銀與黑的身影在老舊的木地板上揚起塵土，留下足跡，衝向前方。
那個身影，是舉起大劍的艾妮琪修女的形狀。
「咿咿咿呀!!」
纖細身軀繃緊到極限，接著像彈簧似地彈開。
劍風呼嘯，劍刃化為一道軌跡閃過。靜寂無聲，儼然是一束光。
「————————」
然而——什麼事都沒發生。
男子只是垂著雙手站在那裡，宛如斷線的人偶。
——沒砍中……？
連在近距離觀察的拉拉伽都這麼認為。
不過下一瞬間，男子就跪到地上，然後——綻放暗紅色的血花。
頭被砍掉了。
姿勢歪斜的身體上，理應放在那裡的頭部發出「叩咚叩咚」的聲響，於地面彈跳。
頭部掉下來後，剩下的身體從頸部的斷面噴出鮮血，從天而降。

血雨就是在形容這種畫面吧——拉拉伽心想。

「願你在神身前，迎接美好的死亡——」

被血雨淋到的艾妮吁出一口氣，轉過身。

「嘿，伊亞瑪斯先生！」

劍刃從拉拉伽的鼻子前面通過，穩穩指向黑衣男子。

「只是站在旁邊看不太好吧!?」

「用不著我出手，也不會有問題。」

伊亞瑪斯不耐煩地用手指推開染血的劍刃，聳聳肩膀。

不驚慌，也不驚訝；沒擔心，也沒放心，純粹是在陳述事實。

「光在『迷宮』累積經驗，果然稱不上提升技術（Level）。」

在城鎮休息，緩急有別，重要的是這個。伊亞瑪斯語氣平緩，接著說道：

「我以前也一樣……大概。」

他輕拍拉拉伽的肩膀，長靴發出水聲踩在血泊上。

伊亞瑪斯蹲到賈貝吉旁邊，任由鮮血弄髒膝蓋，盯著她的臉。

「我幫妳拔掉，別動。」

「ｗｈｉｎｅ……」

銀針「叮」一聲掉在地上。

又細又尖，卻刺得不深，不曉得該不該說幸運。

刺在眼皮上的針拔掉後，賈貝吉提心吊膽地睜開藍眼。

「ａｒｆ！」

看見清澈如深邃湖泊的眼睛反覆眨動，拉拉伽鬆了口氣。

不如說——他或許是刻意不去注意。

「拿你沒辦法……」

不去注意艾妮琪修女無奈地嘆息，全身是血卻面不改色的模樣。

她好像發現拉拉伽一臉不敢置信的樣子了。

「哎呀。」艾妮輕聲驚呼，看看他又看看周圍，接著「唉唷」叫了聲。

她的臉頰因羞恥而染上紅色——跟鮮血不同的玫瑰色——尷尬地扭動身子。

「……不好意思，我也真是的。」

慚愧不已的艾妮將大劍抱在懷裡，彷彿把它當成流行的服裝，說：

「這把劍，我買下來好了……？」

＊

一行人比當初的計畫多買了把雙手劍，順利採購完物資。

「好不划算的工作……」

「真的不好意思……」

黃昏時刻的「斯凱魯」，拉拉伽擺著一張臭臉走在大街上。

在旁邊不斷道歉的艾妮晃著被夕陽照成金色的銀髮，深深低下頭。

讓她做到這個地步，拉拉伽也過意不去。他冷淡地說：

「沒差，我習慣幫忙跑腿了。」

結果又要幫忙搬運屍體。

『血跡就算了，別把無頭屍體扔在店內。這是你的工作吧。』

在那之後，強盜貓提出再正當不過的要求，一行人只得把男子的屍體搬回寺院。

可是伊亞瑪斯必須去買拉拉伽和賈貝吉的裝備。

艾妮自告奮勇，但總不能讓她扛著血淋淋的屍體在路上走。

讓賈貝吉搬運——在各種意義上來說令人擔憂。

除了拉拉伽，別無他選。

勉為其難、不得不做、使命感。他懷著分不清是何者的心情，接下這個任務。

——只是搬屍體而已，比以前好多了。

不用把屍體扔在「迷宮」裡，使他的心情輕鬆了一些。

雖然——這次的對象並不是死在「迷宮」裡的冒險者。

所以，問題不在於往返寺院的路程、體力的消耗量及時間。

最累人的是——

「我跟其他神官說那是被伊亞瑪斯砍死的強盜了。」

「真的很抱歉……」

總不能說你們家的神官在店裡揮舞大劍，砍飛了這個人的腦袋。

雖然拉拉伽算不上有明確的道德觀，他不打算害照顧過自己的人蒙羞。

——反正伊亞瑪斯大概不會介意。

於是，他將隨口胡謅的藉口告訴幾位專職的神官，花了一段時間說明事情緣由。

「我這輩子從來沒有那麼誠懇地跟神官說過話……」

「ａｒｆ？」

小步走在路上的賈貝吉哼了聲，似乎在為拉拉伽的樣子感到疑惑。

真厚道。走在前面的伊亞瑪斯可是頭也不回。

無論如何，沒有力氣掩飾精神上的疲勞，或者說顧好自己的形象……

「累死我了……」

可以說拉拉伽還不夠成熟。

絕對不是在罵她，當事人只是想發個牢騷而已，艾妮卻聽得很不自在。

現在的她乾乾淨淨的，或許是在拉拉伽跑到寺院的期間，用了某種法術。

光換衣服應該清不掉黏在臉頰或頭髮黏到的血。

更重要的是，明明沒有灑木屑，竟然連地上的血泊都消失了。

或者也有可能是強盜貓的店裡有什麼機關——回歸正題。

總之，傍晚的「斯凱魯」比白天更加熱鬧。

潛入「迷宮」的冒險者，帶著在裡面取得的財物凱旋而歸。

帶血的行人並不罕見——不過只有一名神官的話，在負面意義上特別引人注目。

假如她還是那個血淋淋的樣子，艾妮琪修女八成會像老鼠一樣縮起來。

或者因為那不惜獻上生命的信仰心，若無其事地抬頭挺胸走在路上。

——我可不想看到那個畫面。

他心想，會幹那種事的有伊亞瑪斯和賈貝吉就夠了。

「對、對了……！」

艾妮突然雙手一拍，刻意吸引一行人的注意力。

他們停在大街上，人流因此分成了兩半。

艾妮無視納悶地看著他們、從旁經過的路人，笑吟吟地說：

「今晚我請大家在酒館吃飯，做為剛才的回報！嗯，這樣很好……！」

「yap？」

「對吧！」

「真的假的。」

「真的！」

聽不懂的賈貝吉、驚訝的拉拉伽，艾妮琪修女都不會放過。

當然，拉拉伽並沒有要逃跑的意思。

他又餓又渴。雙腿發麻，身體重得跟鉛塊一樣。

拉拉伽不會知道，他的專注力（HP）耗盡了。

沒經歷戰鬥卻疲憊不堪，是常有的事。

因此，問題還是在帶頭的那個黑衣男身上。

「酒館嗎？」他像在嘆氣似地咕噥道。「我沒抱太大的希望……」

拉拉伽不明白這句話的意思，但艾妮似乎聽懂了。

無奈、親切、焦慮等情緒混雜在一起，她指向伊亞瑪斯。

「酒館不是只能拿來招募同伴喔。」

「除此之外還有什麼用途？」

「那裡可是吃飯喝酒，享受人生不可或缺的地方！」

「這傢伙，」

這個瞬間，拉拉伽毫不猶豫從背後捅了伊亞瑪斯一刀。

——誰叫你剛才對我見死不救。

「我只看過他吃麥粥。」

「怎麼會這樣……!!你真的是！」

柳眉倒豎仍然美麗的艾妮，停在一家酒館前面。

以古代鬥神為名的那家店，叫做「杜爾迦酒館（Tavern）」。

*

「唔、啊……!?」

在踏進店裡的下一刻撲面而來的喧囂聲，恰似龍的吐息（Breath）。

情報量砸在拉拉伽身上，導致他不禁向後退去。

地下幾樓出現了什麼東西：昂貴菸草的香氣、料理的油味、酒、金幣的碰撞聲、笑聲、哭聲。

為活著歸來一事感到喜悅，為賺了兩百枚金幣一事感到自豪，為夥伴的靈魂消失一事感到悲傷。

被「迷宮」養肥，或者說是養肥「迷宮」的冒險者們。

這家「杜爾迦酒館」，是「斯凱魯」最大的冒險者旅店（Adventurer Inn）。

拉拉伽前幾天才知道。雖說是第二次來，他還是不習慣。畢竟平常他雖然會來這家旅店住宿，睡的地方卻是馬廄。根本沒機會見識傍晚最熱鬧的氣氛——不管是以前還是現在。

「來來來，多吃點。不用客氣。填飽肚子對冒險者而言是很重要的！」

艾妮彷彿在將大海一分為二，通行無阻地於人流中帶領一行人游向前方。跟在後面的伊亞瑪斯如同黑影，拉拉伽和賈貝吉則快被人潮擠昏頭了。

拉拉伽沿著兩人走過的路線，終於抵達圓桌，癱坐在椅子上。

——總、總算可以坐下了……

神奇的是，站著的期間明明不覺得怎麼樣，一坐下，整天的疲勞就一口氣壓在身上。

不過，今天還沒結束。

乖乖坐在椅子上的賈貝吉旁邊，拉拉伽拚了命地坐穩。

「賈貝吉小姐要吃肉對吧？」

「ｙａｐ！」

——這傢伙的精力是從哪來的？

即使聽不懂艾妮說的話，她們好像能透過情緒互相溝通。

拉拉伽對發出輕快叫聲的賈貝吉，投以懷疑的視線。

至於會找他說話的人。

「你要吃嗎？」

「……要吃。」

拉拉伽心不甘情不願地回答這個不知道在想什麼的陰沉男子。

伊亞瑪斯點頭說道「是嗎」，隨便叫住一名侍者點餐，語氣毫無起伏。

「還有，我吃麥粥就好。」

「不行。」

艾妮立刻宣言。

她快速點了好幾樣餐點，沒聽錯的話，還加上北方的烈酒。

然後抓住伊亞瑪斯的手臂，用跟抱住大劍一樣的姿勢抱在懷裡。

「不好意思，拉拉伽先生。可以拜託你照顧賈貝吉嗎？」

精靈美麗的雙眸瞪著伊亞瑪斯。

「我有點話要跟伊亞瑪斯先生說。」

「說教嗎？」

「沒錯！」

他連回答的時間都沒有。

拉拉伽在心中祈禱伊亞瑪斯能夠得到安息，目送他被帶走。

能在艾妮琪修女的守望下死去，肯定不會太可怕——

「…………嗯。」

生命斷絕，不久前還在自己背上的屍體的重量瞬間重現。

拉拉伽皺起眉頭。肉？他一點食慾都沒有。然而……

「久等了！」

「ａｒｆ！」

侍者粗魯地送上一道又一道餐點，看見盤裡的肉，賈貝吉歡呼出聲。

油脂在鐵板上滋滋作響，艾妮這次似乎真的很大手筆。

「Ｙａｙ!!」

要不是因為肉放在滾燙的鐵板上，賈貝吉肯定會直接用手抓來吃。

刀子和叉子她都直接拿來刺肉，狼吞虎嚥。

——她好會吃喔……

想到剛才的慘劇，拉拉伽有種胃部被人掐緊的感覺。

他被人揍飛過，也有過差點被殺的經驗，不過……

——試圖殺人……

不是「想要殺人」，真的動手去取一個人的性命，那還是第一次。應該。

跟殺怪物截然不同。他攻擊伊亞瑪斯的時候，也只是想著「要給他一點教訓」。

這名少女卻——沒有一絲躊躇，拿著大劍殺向他。

——她之前過著什麼樣的生活啊。

纖細的頸項上戴著粗糙的項圈，與野狗無異的——不曉得該說智商還是情商，不會說話。只有一把劍。

「——？」

或許是因為他邊想邊看著她發呆，賈貝吉突然抬起頭。

如同清澈的湖泊，深不見底，有點黯淡的藍眼直盯著拉拉伽。

他下意識倒抽一口氣。

「munch？」

用不著思考，他也知道她的意思。

「……我要吃。不會給妳。」

「arf。」

是喔，可惜。賈貝吉哼了聲，繼續埋頭跟那一大塊肉奮鬥。

拉拉伽也嘆了口氣，拿起刀叉。

不吃就輸了。一想到就覺得非常不爽。

而且只要驅散殘留在腦海的那個畫面，能吃到這種高級肉的機會並不多。

至少他活到現在從來沒吃過，未來的事沒人說得準，思及此便有了食慾。

「……好！」

拉拉伽打起幹勁，將刀叉伸向肉——

「嗨，少年！你還活著啊！」

十分爽朗的聲音傳入耳中的同時，他的背被用力拍了下。

＊

「哈哈哈哈哈，哎呀，抱歉，抱歉!!」

他跟賽茲馬一行人坐在同一張圓桌前。

面對這位豪邁大笑的自由騎士，拉拉伽支支吾吾地回答「喔」、「呃」。

這是第二次了。雖然大家對他很親切，這六個人都遠比自己強大。

沒錯，今天六人齊聚一堂包圍著他，害他嚇得要命。

一起被他拖過來的賈貝吉坐在對面，滿不在乎地嚼肉，讓人不敢相信。

「賽茲馬總是這樣。你就誇新人幾句嘛。」

「咱知道，莎拉才是總愛擺前輩架子。」

「喂，普羅斯佩洛！幫我教訓這個圃人！」

「我倒覺得賽茲馬和妳同樣沒禮貌。」

「你說什麼……!?」

「吵死了，這樣我怎麼鑑定！學學霍克，學學霍克溫！」

總之，現在的情況是這樣。

精靈僧侶和圃人盜賊在鬥嘴，魔法師置身事外，矮人主教放聲怒吼。

全是不把拉拉伽和賈貝吉放在眼裡，身經百戰的強者。

——嗯嗯嗯……

被他們從四面八方包圍的拉拉伽，心裡極度渴望拔腿就逃。

上次不在的第六人——身穿黑衣的神祕男子的視線，特別令人不自在。

那名男子——霍克溫只是默默坐在圓桌的一角喝酒。

放在他面前的麥粥已經吃完了，他只是在陪同伴。

可是，一語不發地注視他，彷彿在打量他的目光……害他如坐針氈。

不知為何——沒錯，不知為何，有種與伊亞瑪斯相似的氣息。

沒把人當人看的……異常的目光。

「……」

拉拉伽嚥下一口唾液。

讓他開口也很危險——他有這樣的預感。

「呃，那個……」

拉拉伽在情急之下左顧右盼，尋找用來逃避的話題。

圓桌上成堆的財寶。仔細調查那些東西的年邁矮人。就是它。

「塔克……先生。」

「叫和尚就好。」

矮人主教儼然是個慈祥的老爺爺，對年輕冒險者露出溫和的笑容，有如磨去稜角的岩石。

「怎麼了？年輕人。」

「謝謝你之前也幫我們鑑定東西，不過……你不請店裡的人鑑定嗎？」

這麼多的量，自己來不會很花時間嗎？

他只是想隨便轉移話題，但拉拉伽確實有這樣的疑問。

「強盜貓嗎？」塔克和尚板起臉來。「那傢伙會坑人。」

「他收的鑑定費跟武器的收購價一樣耶！」

「那傢伙開店純粹是開好玩的，不會顧慮客人的感受。」

莎拉和普羅斯佩洛紛紛贊同，對強盜貓的抱怨一句接一句。

聽說他雖然會高價收購受到詛咒的裝備，要解除詛咒的話不僅會收錢，還不會歸還裝備。

——這……

拉拉伽不禁失笑。儘管是僵硬的笑容，他強行扯出笑容說道：

「不是因為他想收集武器，裝飾在店裡嗎？」

「這個興趣有夠差勁。」

「傳說中的武器……哎，其實也沒什麼特別的，他的眼睛是被那東西燒瞎的。」

圃人莫拉丁竊笑著，將菸草塞進煙管。

他用魔法般的俐落動作點火，吐出煙圈。

然後吹著細煙，讓它從煙圈中間通過，望向拉拉伽。

「來到這座城市的人，或大或小都有某種目的。很明顯。」

「那——」

——伊亞瑪斯也是嗎？

沒有記憶，他在尋找自身的記憶。那麼，失憶前的他又過著什麼樣的生活？

拉拉伽突然一語不發，圃人盜賊不曉得是如何理解這陣沉默的。

或許是前輩對於同行後輩的善意之舉。

他以不符合圃人身分的嚴肅語氣訥訥地說：

「小心點，小子。強大的魔法道具，光是存在就會摧毀一個人。」

「這話由圃人說出口，聽起來格外深奧。」

「真的是！」

莫拉丁聳聳肩膀，旁邊的塔克和尚望向拉拉伽，眼神給人一種深思熟慮的印象。

「不過，危險的不是魔法武器。真正可怕的是持有者的心。」

「心？」

「就是覺得以自身的能力駕馭得了它、有辦法取得它、取得它後能有所成就的想法。」

「以自身的能力……」

「沒錯。」塔克和尚點頭。「傲慢原本就是會招致死亡的疾病。」

「你也在擺前輩架子嘛。」

莎拉咯咯大笑。

這位精靈好像喝醉了，臉紅到了耳根子。因此和尚沒有多加理會。

——可以理解。

拉拉伽將自己跟冒險者熱鬧的談話聲隔離開來，陷入沉思。

因為他自己就因為之前那件事——「惡魔之石」那件事，吃了很大的苦頭。

他卻覺得「如果能學會使用那顆碎掉的石頭，感覺會很方便」。

拉拉伽下意識把手放在腰間的短劍上，輕撫劍柄。

那當然不是魔法武器。不過，是以前的他無法想像的好東西。

獲得這把武器的自己，不會再跟上次一樣醜態盡出——這句話他如何說得出口？

「玩武器會把運氣玩掉喔。」

「唔喔!?」

跟剛才拍在背上的聲音一樣的宏亮聲音，落在拉拉伽頭上。

是帶著讓人無法正視的陽光爽朗笑容——拿下頭盔——的賽茲馬。

「我懂你拿到新劍的心情。既然如此，想想開心的事吧。」

「啊，沒有，這是——」

——嗯，確實如此。

雖然他才剛被人提醒不能大意，樂觀地去想開心的事，應該不算大意吧。

暫且活到了現在。今天有人幫自己添購新短劍，眼前有食物。

沉著一張臉才奇怪，該好好享受才對。

「但你看起來不像從『迷宮』出來的。你怎麼會在這裡？」

因此，拉拉伽咧嘴一笑，回答這個問題。

「其實，伊亞瑪斯他被艾妮琪修女——」

＊

「杜爾迦酒館」的某塊區域人聲鼎沸。

冒險者們一副打從心底感到愉快的樣子，拍打桌子，舉起酒杯，大聲歡笑。

位於中心的拉拉伽板著臉——帶著比剛才嚴肅許多的表情問：

「艾妮小姐真的是修女嗎？」

從那揮舞大劍的模樣看來，實在不像。

會不會是所謂的聖堂騎士、聖騎士、卿——君主(Lord)——

「恕我不回答這個問題。重點是伊亞瑪斯啦！」

回答——這算回答嗎？——他的人是莎拉。

「跟艾妮單獨吃飯就已經不可饒恕了，竟然還放著這麼可愛的孩子不管！」

她不知何時用纖細的手臂抱住了賈貝吉。

不看大劍的話，她就是個嬌小瘦弱的少女。放在腿上跟小狗一樣。

「賈貝吉妹妹也這麼覺得對吧？」

「Woof……」

然而當事人看起來很不耐煩，純粹是莎拉單方面地在疼愛她。

被用臉頰磨蹭的賈貝吉對他投以怨恨的目光，拉拉伽乾脆地無視那雙藍眼。

就算想幫助她，他實在沒有隻身與這六人為敵的勇氣。

「莎拉對伊亞瑪斯真嚴格。」賽茲馬笑道。「那傢伙不是壞人喔？」

「問題不在那裡。」

莎拉盡情撫摸著想要吃肉的賈貝吉，焦躁地接著說：

「大家都知道，每個人眼中的『迷宮』都不一樣吧？」

「伊亞瑪斯眼中的是？」

「**黑暗和平凡無奇的白線**。」語畢，莎拉的視線掃過眾人。「你們相信嗎？」

「怎麼可能。不可能不可能。」圃人甩動小手。「那也太扯了。」

「哈哈哈！但我覺得那也是挺有氣氛的美景！」

「伊亞瑪斯跟我一樣是魔法師。既然如此，應該能看得更透徹。」

「搞不好是你力量不足，被幻影迷惑。」

眾人暢所欲言——唯有霍克溫始終閉著嘴巴。

不對，拉拉伽也一句話都沒說。

——來到這座城市的人，或大或小都有某種目的。

伊亞瑪斯也是嗎？

剛才閃過腦海的疑問再次浮現。

都失去記憶了，依然要挑戰「迷宮」。因為失憶了嗎？

那傢伙是什麼人？來自何方？去往何方？

不對，說起來——

「說起來……」

拉拉伽不是有意說出這句話，是自然而然脫口而出的。

「伊亞瑪斯這名字，也不知道是不是本名……」

「八成是假名。」

抽著煙管的莫拉丁，給予十分乾脆的回答。

「假名？」

「對啊，咱也把本名藏著。強盜貓先生也是。」

他長得像有這麼可愛的名字嗎？莫拉丁發出「咿嘻嘻」的壞笑。

「冒險者報個喜歡的名字也不會怎麼樣啦。」

想到自己乖乖用了本名，拉拉伽有點不自在，扭動身軀。

這位熟練的圃人盜賊，似乎也明白拉拉伽的心境。

他的語氣變得柔和了一些——雖然有可能是錯覺。

「哎，總比因為想要外號、別名那種東西就自己報上的人來得好。」

「……你們也是嗎？」

所以拉拉伽鬆了口氣，順利將話題拋給六位冒險者（All Stars）。

或許是在聊天的期間，他喝了緊張得不記得味道的酒所致。

不過無所謂，因為膽量是拉拉伽誠心想要的東西。

「是本名。」賽茲馬哈哈大笑。「效法遠古時代的英雄。」

「魔法師會隱藏真正的名字。」

「我不是。」

莎拉哼了口氣接著說道，彷彿在嫌棄普羅斯佩洛的回答無聊。

「賈貝吉的名字如果是本名，我會去幫妳教訓妳的父母。」

「……Meh。」

賈貝吉仍舊坐在莎拉腿上，任由她撫摸自己。

大概是放棄抵抗了，她精疲力竭地把肉送入口中。

她對拉拉伽投以求助的視線，卻被拉拉伽無視。

「對了，霍克也是外號嗎？」

「是吧？我沒問過。」

喂，是嗎？被問到的霍克只是默默聳肩。

拉拉伽連這都沒意識到。

結果在那之後——拉拉伽在夜幕降臨前，一句話也沒說。

＊

驚濤駭浪的一天結束了。

從寺院一口氣被沖到的終點站，是馬廄的稻草堆上。

艾妮回寺院了，伊亞瑪斯則回到房間，賈貝吉小步跟在後面。

拉拉伽獨自讓癱軟無力的身體沉進稻草山中，呆呆看著屋頂。

——好累……

今天實在發生太多事了。

從早到晚，真的發生了一堆事。

搬運屍體、前往武器店、遭到看似強盜的男人襲擊、購買短劍、去酒館吃飯。

有順利的事，也有不順利的事。他個人認為不順利的事比較多。

——話說回來，那個男人……

在酒館委託拉拉伽——這樣講太抬舉自己了，是設計拉拉伽去暗殺伊亞瑪斯的大衣男子。

那兩個人穿著同樣的大衣，意思是……他們是同類嗎？

他的頭被砍飛了，所以什麼情報都問不出來。也不可能免費幫他復活。

——就算是這樣……

是不是可以做得更好？不管是他，還是自己。

儘管自己趨於守勢，那麼大動作的一劍還沒砍中，實在不可取。

如果地點是在「迷宮」裡面——不對……

——如果沒有艾妮琪修女出手相助，我早就死了。

那個人的動作真的不簡單。

賈貝吉也是，雖說她被暗器射中，那個動作實在跟自己不能比。

還有伊亞瑪斯。

前陣子，還有在「迷宮」窺見冰山一角的他的動作，也迅速得無可比擬。

這樣的話，賽茲馬一行人的動作想必也同樣迅速。

即使自己也比以前更加敏捷，仍舊跟他們不在同一個等級上。

——是因為經驗差距嗎？不對，這或許占了一部分原因，可是……

身體的使用方式跟動作的差異，影響應該也很大。

被身體牽著鼻子走，要如何戰鬥？

——至少得更習慣我現在的身體一點……

世界盡頭之外。為了去見識那裡的景色，必須站穩腳步。

至少跟待在上一個團隊的時候不同，現在的處境能讓他打好基礎。

像這樣慢慢躺在稻草堆上，許多事情便在腦中整理得井井有條——

——啊。

『我以前也一樣……大概。』

原來如此。

拉拉伽猛然驚覺，吐出一口氣。

沒錯，伊亞瑪斯。

自己現在還活著，以及能像這樣過著從未想像過的生活。

肯定都是那個黑衣男——不能說是託他的福——造成的。

不過與此同時，拉拉伽什麼都不知道。

不知道伊亞瑪斯和艾妮琪修女講了些什麼。

不知道賈貝吉在想什麼。

——大家到底是什麼人？

艾妮也好，賈貝吉也罷，還有賽茲馬一行人和伊亞瑪斯。

他們來自何方？去往何方？

自己也是——拉拉伽自己究竟是什麼人？能成為什麼人？

用昏昏沉沉的大腦思考這些事的時候，拉拉伽的意識突然中斷，沉入黑暗之中。

大概要等到第一道曙光照進馬廄時，他才會清醒過來。

天亮時，這個想法想必也會消失殆盡。

等待他的——又是「迷宮」。

第四章
賈貝吉

「全滅了……」

事情的起因是「酒館(Tavern)」的一句呢喃。

早上的「杜爾迦酒館」。熱鬧卻不擁擠，不空曠卻有位子。

伊亞瑪斯在角落大口吃著麥粥，沒有因為忽然傳入耳中的那句話抬頭。

他默默將湯匙送到嘴邊。

那一天休假。

當然，伊亞瑪斯不是會主動放假的人。

但他的同伴裡面沒有僧侶。既然如此，只能自己恢復體力。

因此，他有時會被迫休息，不得不放棄冒險，在旅館度過數日。

男子簡直像在等待這個時機。

他突然——跟往常一樣——打開酒館的門，一個人晃進來。

是個穿著寒酸的男人。說他是強盜(Bushwacker)都有人會相信。

他走路搖搖晃晃，或許是來到這裡前已經喝了一堆酒。

男子像在說夢話似的，嘴裡念念有詞。

「全滅了……」

那又如何？

不稀奇。沒有半個人在聽他說話，伊亞瑪斯扒著麥粥。

冒險者團隊在「迷宮」內解體，不值一提。

名人——例如賽斯馬他們——也就罷了。

因為微不足道的冒險者，自稱某國豪傑的人隨處可見。

而這名男子在零星的空位中，選擇伊亞瑪斯正後方的位子入座。

彷彿有人倒下的「咚」一聲，令他微微抬起一邊的眉毛。

「在三樓……」

男子說道。

「三樓深處……有一扇暗門……在那裡，啊啊……」

在伊亞瑪斯狼吞虎嚥的期間，男子的碎碎念也沒有停過。

以沒有刻意講給誰聽的自言自語來說，太過具體的——全滅經過。

三樓深處，尚未被人發現的暗門，門後是大群的怪物、寶箱、陷阱……

「只剩我一個……只有我……夥伴們……還沒……」

沒有刻意講給誰聽，其他人卻聽得見。男子以這樣的音量講了一陣子。

不久後，男子似乎滿足了，緩慢起身，搖搖晃晃地邁步而出。

不曉得要走去哪裡，大概是要離開酒館，消失在街上吧。

沒人注意男子的動向，跟他出現的時候一樣。

伊亞瑪斯亦然。

畢竟不用看也猜得到，那人應該穿著看似魔法師的大衣。

「真是的。」

伊亞瑪斯將湯匙扔進空盤，笑道。

「未免太明顯了。」

＊

「妳夠了喔……!?」

「ａｒｆ！」

賈貝吉對背後傳來的怒罵置若罔聞，今天也意氣風發地走在「迷宮」中。

對她而言再正常不過。

單手拎著大劍下到地底。斬殺怪物。找到寶箱。打開來。

不對，打開寶箱經常會發生怪事，所以獨自行動時她都放著不管。

今天她打算離開旅店時，最近多出的小不點不知道在嚷嚷什麼。

黑黑的傢伙叫她帶著他去，賈貝吉才試著帶他同行，但他一直在嚷嚷。

賈貝吉快要不耐煩了，因此她馬上決定無視他。

拉拉伽則被她搞得一個頭兩個大。

——可惡，那傢伙……！說什麼「會擔心的話大可跟上去」……！

讓這麼一個小女生獨自踏進「迷宮」，他會擔心——這種話他死都說不出口。

畢竟對象可是廚餘。他覺得隻身潛入地底是瘋狂的行為也是事實。

於是，他試著跟在後面——結果。

「howl!!」

「啊，我話才剛說完……！」

賈貝吉叫了聲，看到墓室就踹開門衝進去。

拉拉伽當然沒有追上去之外的選項。

他可不想一個人被扔在伸手不見五指的昏暗「迷宮」內。

就算同行者是廚餘，就算路上有大群的怪物。

「BOW!?」

「ROOAAAR!!」

在墓室中蠢動的，是數個冒泡的粉色塊狀黏液，以及數隻人形生物。

——黏液怪和狗頭人嗎？

是的話運氣真好。在這個階層是相對弱小的敵人——跟「迷宮」裡的怪物比起來。

「woof!!」

然而，在拉拉伽思考的期間，賈貝吉已經衝向前方。

她絲毫不把敵我的數量差距放在眼裡，使勁揮動大劍，砸向敵人。

「AAAHHH！！？！？」

慘叫聲響起，鮮血四濺。厚刃的一擊從狗頭怪物的肩膀劈下，奪走他的性命。

「啊啊，真是的……！拿妳沒轍……！」

拉拉伽飛奔而出，全身卻在吱嘎作響，隱隱作痛。

——該死，身體好痛……！

都是簡易床鋪害的。不對，硬要說的話是伊亞瑪斯害的。拉拉伽呻吟著。

得知拉拉伽睡在馬廄，伊亞瑪斯默默將他扔到簡易床鋪上。

他想要抱怨，伊亞瑪斯卻板著臉回答「艾妮琪修女會生氣」。

——那確實很可怕。

他只得全面同意，怪不得人。

簡易床鋪的優點，正是簡陋歸簡陋，卻有床可以睡。

雖然是用木箱拼成的床，跟偏僻的旅店用來讓旅客站著睡覺設置的繩子比起來，差得可多了。

馬廄的稻草堆也不壞，但柔軟的床鋪足以讓他大吃一驚。

不過——

——好不習慣……！

就是這樣。

「喝啊啊!!」

話雖如此，並非完全沒有收穫。

拉拉伽咆哮著揮下短刀，輕易砍斷狗頭人的身體。

「UGHHH!?」

他踹飛發出尖銳哀號在地上打滾的狗頭獸人，拉開距離喘了口氣。

——砍中了……！

動作不需要大。

他的動作已經足夠敏捷、俐落。

剩下要做的只有努力集中意識，瞄準敵人的要害，突刺，貫穿。

這樣就行——為此得更加仔細地觀察敵人。

——剛才那劍，太淺了……對吧……！

「growl……!!」

另一方面。

賈貝吉不顧自己全身沾滿黏液，自在地揮舞大劍。

砍中算她幸運，或者說砸中算她幸運。

毫無章法。就拉拉伽看來，並非正常的劍術。

可是，沒錯，將全身當成彈簧扭緊的動作——

——好像艾妮琪修女……？

有這樣的感覺。

黏液伴隨氣球爆炸般的響亮聲響炸開，從天而降。

遭到波及的狗頭人也化為四分五裂的血肉——啊啊，真是的！

「妳好可怕……!!」

「ｂａｒｋ？」

「叫妳就這樣繼續亂砍啦！」

實際上——拉拉伽揮著全新的短刀心想。

這傢伙到底在想什麼，聽得懂多少話？

紅髮女孩。擁有駭人的冰冷藍眸的少女。看似野狗的她。

脖子上的鐵枷沉甸甸的，手中的大劍是不符形象的巨大爪牙。

對於砍殺怪物沒有任何感覺。這一點拉拉伽也一樣。不過，人也是嗎？

被帶進「迷宮」的時候，他聽別人說過她本來是奴隸。

可是，她像現在這樣獨自潛入「迷宮」是為了什麼？

拉拉伽不認為目的是要報答伊亞瑪斯的恩情。

看起來像在尋找什麼東西——或者是什麼人？

至於她在尋找的到底是什麼——

——搞不懂。

拉拉伽終於解決掉最後一隻怪物時，賈貝吉一滴汗都沒流。

前幾天艾妮琪修女買給她的新衣服沾滿鮮血。

少女用大衣擦拭臉頰，呆呆站在原地——

「sniff……sniff……」

「啊，喂……」

她抽動鼻子，衝向墓室的角落。

拉拉伽連忙追上她，看見地上有一個寶箱。

「唉……有東西的話跟我說一聲啊。」

講了她八成也聽不進去，但拉拉伽還是念了她一句，蹲在寶箱前面。

——是說，為什麼會冒出這種東西啊？

怪物也好，寶箱也罷。

理由用一句「因為這裡是『迷宮』」就能帶過，不過神祕的現象真的很多。

自己在這種奇妙的場所當冒險者，和那個黑衣男及這名紅髮少女一起。

前幾天的自己完全無法想像。

跟在氏族當小嘍囉，到處跑腿的時候判若雲泥。

待遇差了多少自不用說。雖然他不知道其他人的待遇。

他無法否認，自己有點樂在其中——

「噢，唔喔……!?」

或許是因為他在分心想其他事。

眼前的寶箱突然發出巨大聲響，劇烈搖晃。

也就是陷阱。

拉拉伽猛然抬頭，賈貝吉冷冷看著他。

「ｙａｐ。」

她踢了寶箱一下，叫他快點打開。

「我說妳喔……！」

拉拉伽氣得發抖，站起身。

「妳絕對看不起我對吧!?」

「ａｒｆ！」

無須多言。

＊

「方便陪我一趟嗎？」

「行。」

賽茲馬的優點之一，就是在用餐時間跟他說話，他也會笑著回答。

他輕拍放在桌子旁邊的鐵盔，仰望站在身旁的友人。

伊亞瑪斯回答「謝了」，露出黑大衣底下的黑杖——鐵鞘。

黃昏時分的「杜爾迦酒館」。

「你什麼時候可以進去？」

「要探索到什麼時候？」

「不急，可是最好盡快。」

「那就——」

儘管多少有點差異，這間酒館無時無刻都很熱鬧，客人絡繹不絕，生意興隆。

因為對冒險者而言，日期和時間感十分模糊。

只有去「迷宮」的時候、回來的時候、沒去「迷宮」的時候。

這三個情況下，他們都會選擇去酒館填飽肚子、慶功、休息。

因此就算賽茲馬和伊亞瑪斯在交談，也不會有人在意。

搬運屍體的伊亞瑪斯自不用說，至今依然自稱騎士的男子也是個怪人。

只有好事之徒會想在怪人跟怪人講話的時候，故意去蹚渾水。

更別說還多了個打開店門、滿身暗紅色血跡的嬌小廚餘（賈貝吉）。

「Arf！」

「嗯，有吃的。」

「yap!!」

她叫了聲表示自己回來了，伊亞瑪斯隨口應聲，賈貝吉又叫了一次。

她搖著尾巴衝向圓桌，要跟她同桌的人大聲哀號。

「喂……妳先把身體洗乾淨啦！」

「woof？」

看到被血跡和黏液弄髒的圓桌，要跟她同桌的人，也就是後面的拉拉伽抱怨道。

他碎念著，為桌上的慘狀板起臉，賈貝吉疑惑地歪過頭。

伊亞瑪斯默默把麥粥推給她，少女立刻大叫：「yup！」

他對拉拉伽說「點你喜歡吃的吧」，他回答：「……那我要肉。」

少女把臉埋進盤子裡狼吞虎嚥，賽茲馬見狀，微微一笑。

「你在笑什麼？」

「你們已經混熟了。」

賽茲馬對伊亞瑪斯說，抬起下巴指向賈貝吉。

「你讓她單獨（solo）行動嗎？」

「放那傢伙自己在外面亂晃，也不會怎樣吧。」

反正有人**看著她**。伊亞瑪斯簡短補充。

賽茲馬只回了句「說得也是」。

伊亞瑪斯這男人不是在掩飾害羞，而是真心這麼認為。

他肯定覺得自己只是在照顧她。

莎拉無法接受，因此喝了一堆酒，賽茲馬則不一樣。

他自認自己的優點是老實、認真、單純、開朗。

「而且，問了也不知道她的目的嗎？」

「yap？」

賈貝吉似乎以為有人在叫她，抬起頭來，賽茲馬搖手叫她不要介意。

連那位少女的本名——前提是有本名的話——都不知道。其他事就更不用說了。

賽茲馬獨自下達結論，接著說道：

「所以，我們要去哪？」

「三樓。」伊亞瑪斯回答。「之前聽說的。」

「滿淺的樓層。」

至少在最底層是大地的盡頭、地底，深不見底的「迷宮」中，三樓還算淺。

不過，三樓尚未探索完畢。怪物也跟一、二樓大相逕庭。

「總之，有多少情報先說來聽聽吧。」

「好像有人在三樓深處發現暗門及墓室。」

「哦。」

「他們在那裡觸發炸彈之類的陷阱，團隊瀕臨全滅，用僧侶的『歸還（洛克托非特）』緊急逃離。」

「裝備和同伴的屍體都扔在原地嗎？」賽茲馬咕噥道。「被炸彈炸到，只有僧侶倖存？」

「搞不好是君主（Lord）。也就是說，你懂吧？」

「隱藏房間深處，有成堆的屍體跟裝備。」

伊亞瑪斯點頭表示肯定。賽茲馬雙臂環胸。

「艾妮修女說的？」

「一個醉漢故意講給我聽的。」

「可疑。」

「確實。」

伊亞瑪斯和賽茲馬發出低沉空洞的笑聲。

之前那起事件，他當然沒忘記。但記得又怎樣？

可疑、危險，全都比不上「迷宮」。

突然有刺客襲來跟被怪物襲擊，有何差別？

即使是陷阱，對賽茲馬來說，寶箱裡的陷阱更恐怖。

「有趣，行，我跟了。」

反而可以用來打發團隊沒有要探索的休息時間（Interval）。

陪朋友這一趟應該也滿值得的。伊亞瑪斯向賽茲馬低聲道謝。

「拉拉伽。」

他接著呼喚在旁邊聽的盜賊少年。

「你也要來嗎？」

「…………………」

他正好在啃終於送上桌的帶骨肉，用袖口擦拭嘴角。

看來他十分猶豫，沒有馬上回答。

之前發生的事件、傳聞的可信度、可疑度、自身的實力，在拉拉伽腦中打轉。

衡量危險及利益。有多少安全性？

既然有賽茲馬跟著，可以說比上次安全。大概。

「…………賺得了錢的話。」

「我無法保證。」

他終於擠出答案，回答他的是冷淡簡短的話語。

拉拉伽懷著無限將近自暴自棄、放棄掙扎的心情，皺起眉頭。

「要幾個人一起去啊。我們湊不齊六個人耶？」

一次最多只有六名冒險者能進入「迷宮」，有這麼一條不成文的規定。

理由各式各樣，有走道的寬度，有墓室的面積——然而，到頭來都是之後才加上的。

墓室大得連巨龍都容納得下，走道卻狹窄得令人喘不過氣。

在空間及距離都不確定的「迷宮」內部，隊伍的意義頂多只有前後衛之分。

所以，理由只有一個。

超過六個人進入「迷宮」會死。

純屬謠言。聽起來煞有其事，人人盡信的，單純的謠言。

不過事實上，十個人一起進去的團隊確實沒回來。

分成兩個六人團隊進去，再於內部會合，共同行動的十二人亦然。

沒人知道他們的下場，無論是被封印在石頭之中，抑或被怪物吃乾抹淨。

因此是六個人。不能超過，低於這個數字則無所謂。

而屍體也包含在這六個人之內。

——難怪這傢伙都單獨行動。

拉拉伽心想。

「應該是三個人……」

伊亞瑪斯望向在酒館角落大口吃粥的少女。

「妳也要跟來嗎？」

「Ａｒｆ！」

「原來如此。」

被叫到的賈貝吉從盤裡抬起沾滿飯粒的臉，叫了聲。

伊亞瑪斯神情嚴肅地點頭——

——根本聽不懂她在說什麼……

拉拉伽無力地望向伊亞瑪斯。

賽茲馬默默笑著，五指併攏，對拉拉伽敬禮。

四個人。

＊

隔天，「迷宮」的地下一樓。

「嗯，這裡還是老樣子……」

不能怪拉拉伽擺出一張臭臉。

走下樓梯，進入「迷宮」的下一刻，映入眼簾的是滿滿的冒險者。

「迷宮」妨礙認知的效果，在這裡影響還不大。人潮洶湧，擠成一團。

雖說只要穿過其中，前進一個區塊，其他人就會立刻消失……

「ｓｎａｒｌ……」

眼前的人可是多到連賈貝吉都一臉嫌惡。

拉拉伽不知道裡面有幾個人會被「迷宮」吞噬，再也回不來。也沒興趣。

他自己說不定也會消失，他想盡量避免去想這些。

可是，他有個疑問。

「欸。」拉拉伽對走在前面的黑衣冒險者的背影提問。「他們在做什麼？」

「治療傷勢。」

伊亞瑪斯頭也不回地回答，直線走向「迷宮」的黑暗深處。

「睡在馬廄，讓精神休息，恢復法術的使用次數，潛入『迷宮』用法術治療。」

「可是回復法術一天只能用幾次吧……？」

「所以要花好幾天往返。」

伊亞瑪斯這時才轉頭望向拉拉伽。

「往返馬廄和『迷宮』的入口。」

「……真的假的。」

聽見這句話，拉拉伽嘀咕道。

他猜得到這麼做的理由，因為沒有錢。

蹲在地上，讓同隊的神官對自己使用「治療（迪奧斯）」，回到地面。

如此反覆——治療完畢後繼續探索——結果還是一樣。

這副模樣跟外地人想像的英雄般的冒險者，差了十萬八千里。

即使如此……

——應該比以前的我更像樣……

拉拉伽事到如今才對有人在這邊治傷感到疑惑——恐怕是因為有了多餘的心力。

現在的團隊——雖然不知道該不該用團隊稱呼——沒有會治療的僧侶、神官。

學會賺錢後，拉拉伽頭一次睡在正常的寢室。

簡易床鋪。連這對他來說都相當奢侈。

之前在氏族的時候，他根本沒有心思觀察周遭。

之前在氏族的時候，根本沒人幫他治療過。

更追論復活，連治療都嫌浪費資源。與其花錢治療，抓個新人更省錢。

像拉拉伽這樣——像那女孩跟賈貝吉這樣——的冒險者，替代品要多少有多少。

因為發燒及疼痛在稻草堆裡不斷呻吟，隔天繼續被拿來當肉盾用，然後死去。他看過好幾個同伴迎接這樣的下場。這樣已經算幸運的，因為不是不可能活下來。

像拉拉伽這樣。

「怎麼？你沒有那個經驗？」

聽見兩人的對話，賽茲馬也加入其中。

發出鏘啷鏘啷的鎧甲碰撞聲走在路上的這位自由騎士，裝備在一行人中是最厚重的。

「這個嘛……」拉拉伽支吾其詞，他會不好意思很正常。

至少他是這座「迷宮」裡的知名冒險者之一，等級跟自己明顯不同。

在酒館休息的時候也就罷了，現在這種全副武裝的打扮，讓他深深體會到這件事。

如此強大的人卻這麼親切，更令拉拉伽感到困惑。

——如果跟那傢伙一樣更冷淡，或者更神祕，那我還能接受……

拉拉伽對伊亞瑪斯投以怨恨的目光，他已經轉身往前方走去。

迫於無奈，拉拉伽誠實、簡短地回答：「……沒有。」

「那我讓你看看更好的待遇。」

賽茲馬氣勢十足地舉起右手，用嘹亮的聲音說道：

「密姆阿利夫（巨大的盾牌啊） 佩桑梅 雷 費切（速速自遠方而來）。」

「唔喔……？」

拉拉伽反射性驚呼——卻什麼事都沒發生。

「arf……？」

連賈貝吉都停下腳步，清澈的雙眼不停眨動。

——應該只是這傢伙突然大叫，嚇到她了……

拉拉伽同樣不知所措。他提心吊膽地觀察賽茲馬的臉色。

「咦，剛才那是……？」

「如果隊裡有好神官，會在探索前先使用『大盾（馬波非克）』。」

走在前面的伊亞瑪斯嘆了口氣，說：

「你又不是君主（Lord），哪會用那個法術。」

「哇哈哈哈哈！」

開朗的笑聲。拉拉伽當場愣住，不知道該說什麼。

——呃，意思是，他在開玩笑……嗎？

應該、恐怕、大概。

「防禦力（AC）不只是變硬就好。放輕鬆點！」

賽茲馬在裝飾著一顆龍頭的鐵盔底下閉起一隻眼——的感覺。是在幫他緩解緊張的情緒——嗎？

——那我也順便吧。

拉拉伽做好覺悟，像在開玩笑似地詢問伊亞瑪斯：

「既然知道目的地，不能用那個叫轉移的法術直接傳送過去嗎？」

這是他聽來的知識。拉拉伽不懂法術。

不過實際上，前陣子才發生過那起事件。那顆「惡魔之石」可怕歸可怕，沒了還真可惜。

「那是最高階的法術吧。」

賽茲馬傻眼地說。

空間移動。飛越次元的祕術。真正只出現在傳說中的絕技。

跟僧侶用的緊急逃脫法術截然不同。因為那個法術可以讓人任意傳送到想去的地方。

「連我這邊的普羅斯佩洛都還不會用……不如說，世界上有會用的人嗎？」

「法術很珍貴。」

伊亞瑪斯講完這句話就繼續向前走去，賈貝吉則跟在後面。

拉拉伽急忙追上去——臨走前回頭瞄了入口一眼。

已經完全看不見聚在那裡的冒險者。

彷彿被「迷宮」的黑暗吞沒——或者反過來，是拉拉伽他們被吞沒了。

*

「技術真好。」

「Woof？」

「不只怪物。人類你也會砍吧？」

「Alf！」

「原來如此。」

真是悠哉的對話。

前提是這段對話不是發生在他揮舞「野獸殺手（Were Slayer）」，斬殺水豚、巨蛙、郊狼之後。

滿身是血的賈貝吉，以相當笨拙的動作用袖子夾住大劍，擦拭劍刃。

看見這熟悉的動作，賽茲馬高興地把手放到她頭上。

「Woof!?」

每攻略一間墓室，那兩個人都會重複這個流程，拉拉伽一句話都沒插嘴。

他面色凝重地面對寶箱，專注於開鎖上。

拉拉伽說——有人說過，開鎖本身很簡單。

問題在識別陷阱的種類，以及因應種類解除陷阱。

唯有這件事，再熟練的盜賊都不敢保證不會出錯。更遑論新手。

「如果有會用『透視（卡魯弗）』法術的神官就好了。」

「yap！」

賽茲馬瞥向沉默不語，不停移動探針的拉拉伽，低聲說道。

他將賈貝吉翹起來的頭髮亂揉一通，彷彿把她當成狗在摸，引來她的抗議，接著說：

「伊亞瑪斯，既然要潛入『迷宮』，何不邀請艾妮同行？」

「她感覺會跟我收錢。」

答案簡潔明瞭。

這個團隊唯一的施法者黑衣冒險者，悠然站在牆邊。

只有賈貝吉一個人也就罷了，有伊亞瑪斯在的話，地下一、二樓的怪物根本不算什麼。

沒必要浪費珍貴的法術。路上，伊亞瑪斯都跟拉拉伽一起站在後排。

朋友調侃他「真羨慕你那麼輕鬆」，伊亞瑪斯笑著回答：「沒錯。」

「不過，也別節省過頭了。事關性命。所以你才會挨罵。」

「那個反而該稱之為說教吧。」

「有道理。」

艾妮琪修女。那位虔誠的精靈僧侶，前幾天也對他說教過。

伊亞瑪斯一面和賽茲馬閒聊，一面心不在焉地回想。

前陣子在「杜爾迦酒館」發生的事。

＊

「……不知道也沒關係吧？」

熱鬧的杜爾迦酒館的一角。

兩人面前的小桌，從搞不好今天或明天就會喪命的冒險者的喧囂聲中隔離出來。

艾妮舔著北方強烈的蒸餾酒，冷靜地對他說。

「妳指的是？」

「你的過去。」

這間「酒館」平常總是擠滿冒險者，這個時間也不例外。

艾妮琪修女將拉拉伽和賈貝吉留在原地，帶他來到這張圓桌。

看到伊亞瑪斯乖乖坐下，銀髮精靈也坐到他對面。

伊亞瑪斯點的酒是一般的麥酒，艾妮不禁苦笑。

「前幾天的事件，我也聽說了。」

「那個拉拉伽的委託人嗎？」

「還有今天的騷動。」

是的。艾妮一本正經地點頭。

這種時候，伊亞瑪斯會默默聽她說話。

要在這個世界上生存，可不能奢侈到挑選朝自己伸出的援手。

「被盯上的不是你，就是那孩子吧。」

「我想也是。」

「代表你或那孩子會有危險。」

「抑或兩者皆是。」

「…………」

艾妮陷入沉默，像在猶豫似地欲言又止。

她微微閉上眼睛，呢喃神明的名字後，用平靜的語氣詢問：

「不覺得有些事不知道會更好嗎？」

「不覺得。」

伊亞瑪斯立刻回答。

聚集在酒館的冒險者們的聊天聲宛如潮水，拍打至岸上，又退回海中。

這段時間，伊亞瑪斯和艾妮都沒有說話。

看起來像在等待對方，又像這段對話已經到此結束。

伊亞瑪斯卻刻意主動開口。

「感謝妳的關心，不過無論決定怎麼做，都要等知道再說。沒有知識，就做不了選擇。沒錯吧？」

「……」

艾妮將未說出口的話語吞回腹中，揚起嘴角。表情像死心，又像無奈。

「就知道你會這麼說……我最近也有點明白了。」

「明白什麼？」

「你要走的道路。」

「道路？」

「是的。」

艾妮雙手交疊於膝上，調整坐姿，然後豎起美麗的食指。

「知曉善的意義。知曉惡的意義。不只清廉，卻又並非完全的汙濁。」

精靈的——成了壽命有限的種族後魅力依舊不減的美貌，筆直凝視伊亞瑪斯。

「所以選擇中立。」

「說不定我只是搖搖晃晃走在路中央而已。」

「或許吧。」

艾妮瞇細眼睛，露出柔和的微笑。伊亞瑪斯見狀，聳了下肩膀。

「對了，妳沒叫我拋棄賈貝吉呢。」

「這還用說。」

艾妮噘起嘴巴，表情及語氣都反映出悶悶不樂的心情。

她一露出這種表情，精靈的氣質就會瞬間消散，化為花樣年華的少女，真不可思議。

她望向遠處，坐在圓桌前被冒險者前輩包圍的拉拉伽和賈貝吉。

「要是你敢這麼做，可以試試看。我會把傾向邪惡的你拉回這邊。」

「或是把我推進邪惡的陣營，再收拾掉我。」

「感謝我吧？」

「感激得都快哭了。」

伊亞瑪斯笑道。艾妮琪修女也露出略顯笨拙的微笑。

其實原因不在於此。

但伊亞瑪斯發現，自己忽然想說了。

他沒有隱瞞的意思。也不是不想說。

只是，他覺得應該可以說了。

或許那正是這位虔誠聖女積的德（Karma）所致。

「艾妮琪修女。」

「嗯？」她微微歪頭，銀髮隨之晃動。「請說？」

「妳誤會了兩件事——」

*

寶箱的蓋子「叩」一聲掉在墓室的地板上，伊亞瑪斯的意識也回到現實世界。

拉拉伽拭去額頭的汗水，吐出一口長氣。

「成功了嗎？」

「對啊，區區毒針，沒什麼大不了……」

拉拉伽嘴上說著大話，但一眼就看得出他疲憊不堪。

盜賊的開鎖過程，無時無刻伴隨緊張感——足以與戰鬥匹敵。

陷阱解除失敗的話，會是自己受害，視情況而定，搞不好會當場喪命。

再說，要是判斷錯陷阱的種類，一切的操作都等於是在將自己推向死亡。

就算跟之前說的一樣，有神官在場，唯有開啟寶箱是不能依靠任何人，只得獨自面對的戰鬥。

「yap！」

因此，賈貝吉把累得半死的拉拉伽晾在一旁，率先衝向財寶。

然而，她不可能知道那些東西的價值——不對。

「arf！arf！」

就「亮晶晶的美麗東西」來說，她或許是最明白那些東西多有價值。

在金幣山裡挖了一陣子後，少女似乎滿足了，小步跑回伊亞瑪斯身邊。

「Bow！」

她叫了聲，得意地舉起一枚金幣給他看，彷彿在說「我表現得不錯吧」。

「在妳眼中，這也只是獵物吧。」

「woof!?」

伊亞瑪斯用手甲揉亂她的頭髮，不出所料，少女發出抗議的叫聲。

賈貝吉眼神帶著恨意，按住頭部低吼，這樣的互動已是家常便飯。

癱在地上，毫不在意裡面的水剩下多少，拿起水袋大口灌水的拉拉伽亦然。

「在突破下一間墓室前，都不能喝水喔。」

「呃啊……」

賽茲馬笑道。拉拉伽刻意哀號。

「三樓要走好長一段路喔……」

「也是可以用升降機，不過這樣會浪費掉路上的財寶……」

經他這麼一說，還是「迷宮」新手的拉拉伽無法反駁。

畢竟賽茲馬是站在最前線的冒險者之一。伊亞瑪斯應該也有豐富的經驗。

——至於這個廚餘……

「arf？」

「沒事……」

這名歪頭詢問他的用意的少女，就不知道了。

不過，拉拉伽其實也會捨不得那些財寶。

之前的氏族也就罷了，現在的團隊會公平分配報酬。

一旦嘗過錢包有了重量的喜悅，實在很難捨棄。

賽茲馬似乎看穿了拉拉伽的想法，把手放在他肩上。

「你嘴上在抱怨，看起來卻挺熟練的。」

「因為，對付龍更累啊……」

那真是太激烈了，再也不想體驗第二次。

拉拉伽深深嘆息，賽茲馬的頭盔底下傳來模糊的笑聲。

明顯在笑他，拉拉伽卻不覺得有嘲笑的意思。他的笑聲中，蘊含神奇的陽光氣息。

因此拉拉伽怨恨的眼神，朝向杵在原地的賈貝吉旁邊。

蹲在地上將財寶扔進布袋的黑衣男——伊亞瑪斯。

「……我之前就很好奇。」

「好奇什麼？」

「結果，」

拉拉伽把手撐在大腿上托著腮，不耐煩地問：

「你是會用武器的魔法師，還是會用魔法的戰士？」

「是哪一種呢。」

模稜兩可的回答，令拉拉伽露出非常複雜的表情。

「ａｒｆ？」

賈貝吉見狀，興致缺缺地叫了聲。

一行人的探索，就這樣順利向前推進。

＊

「這裡嗎？」

「好像是。」

伊亞瑪斯點頭。團隊眼前是平凡無奇的石牆。

看起來像一塊毫無接縫的岩石，像石頭堆起來的牆壁，又像是岩壁。

在這座「迷宮」中，冒險者的認知並不確實，模糊不清。

共通點是只有眾人都知道那是一面石牆。

連接墓室與墓室的通道的狹縫間。

賈貝吉嗅著氣味，旁邊的拉拉伽提心吊膽地靠近牆壁。

「那……我要調查囉？」

「拜託你了。」

拉拉伽輕輕碰觸牆壁，仔細尋找有異狀的部分。

「迷宮」往往會有這種暗門，人盡皆知。

有只能從一個方向開啟的門，也有通常無法開啟的門。不曉得是什麼樣的機關……

「……」

對緊張不已的拉拉伽來說，他最幸運的就是沒聽說過門本身就有陷阱。

即使有怪物，也是在門後。

拉拉伽嚥下一口唾液，花了一段時間碰觸、撫摸牆壁，聽見賈貝吉在旁邊打哈欠。

他拿出短劍，靜靜刺進牆壁的一角，在上面割出門扉的形狀。

「這樣就行了……我覺得啦。」

「挺能幹的嘛。」

聽見賽茲馬發自內心的稱讚，拉拉伽一語不發，用手指摩擦人中。

接下來就是前衛的任務了。少年慢步後退，戰士們代替他站上前。

賽茲馬、賈貝吉，以及伊亞瑪斯。

他握住形似黑杖的刀，悠閒地觀察暗門。

「得畫在地圖上才行。」

語畢，伊亞瑪斯揚起嘴角，不知道在笑什麼。

「要上了嗎？」

「隊長是你。」賽茲馬的語氣輕描淡寫。「你先請。」

「去吧。」

「Woof!!」

得到允許的賈貝吉用身體撞開門，冒險者湧入墓室。

多數的墓室都存在做為守護者的怪物以及財寶。

殺了還是會在不知不覺間出現，當然需要加以警戒。

在一片黑暗的墓室集中五感，觀察周圍。

氣味、聲音、搖晃的影子。舌尖感覺到的鐵鏽味。接觸到肌膚的空氣流向。

緊張的一刻————……不過，什麼事都沒發生。

「……沒東西？」

「或許。」

拉拉伽下意識鬆了口氣，伊亞瑪斯簡短回道。

「來找屍體吧。」

「裝備和寶藏也要？」

「你挺懂的嘛。」

被稱讚了。這個念頭瞬間閃過腦海，儘管他不知道自己為什麼會這樣想。

拉拉伽乖乖遵從指示，著手在黑暗的墓室中尋找冒險者的屍體。

賈貝吉卻沒那麼聽話。

「arf……！」

覺得會迎接戰鬥，熱血沸騰的賈貝吉被潑了桶冷水，悶悶不樂。

有個人將無聊地踢著石板路的她晾在一旁，沒有放下武器。

「沒看到怪物。」賽茲馬拿著劍，喃喃說道。「也沒看到屍體。」

「我早料到了。」

伊亞瑪斯也一樣。他把手放在形似黑杖的愛刀上，呵呵笑著。

「事情變有趣了。」

「確實。」

「什麼東西都沒有耶？」拉拉伽小步跑回來，不滿地碎碎念。「是假情報吧？」

就在這時。

尖銳的金屬聲突然響起，傳遍墓室，刺入耳中。

「ｃｈｉｒｐ!?」

不能怪賈貝吉放聲尖叫。

少女摀著耳朵蹲在地上，拉拉伽反射性拔出短劍，進入備戰狀態。

「怎、怎麼了……!?」

「警報嗎？」伊亞瑪斯咕噥道。「明明連寶箱都沒開？」

「也是有這種房間。」

伊亞瑪斯開口。

「會不會出現監督官呢。」

「那什麼鬼……!?」

拉拉伽吶喊的同時，黑影蠕動。

充斥「迷宮」的無盡黑暗迅速膨脹，化為實體飛奔而出。

——怪物們突然侵襲而來。

＊

「唔、喔、喔、哇、啊！！？」

拉拉伽反射性舉起短刀，彈開撕裂黑暗的銀光。

強大的衝擊導致他跌坐在地上，立刻有一把刀射過來。

儘管他尖叫著跳開了，肯定減少了大量的專注力（HP）。

「這、這些傢伙是什麼東西……!?」

出現於黑暗中的怪物，是人類的形狀。

推測是冒險者。兩眼發出詭譎光芒的生物，曾經是穿戴各種裝備的人類。

怪物們從墓室深處的黑暗中湧出，彷彿源源不絕。

「快逃吧!?」拉拉伽叫道。「會沒命的!!」

「只要警報還在響，就逃不掉。」

怪物一步步逼近，毫不留情發動攻擊。

伊亞瑪斯用刀擋掉斬擊，沿著劍閃砍向敵人的身體。

鋼鐵與鋼鐵發出清澈的碰撞聲，鮮血噴出，其中一人倒了下來。

「真懷念。」

伊亞瑪斯甩掉刀刃上的血液，重新擺好架勢，自己也為這句話感到驚訝。

——懷念？

「你認識他嗎？」

「只是有這種感覺。」

他搖頭回答同樣在對付冒險者的賽茲馬。

「總覺得在更裡面的地方。」

「什麼意思。」

賽茲馬笑了。這名自由騎士——這名戰士無時無刻都在笑。

用大盾抵禦攻擊，「野獸殺手」也在同時咆哮。

雖然在場的全是人類，人類也是野獸。在銳利的刀刃前，可謂眾生平等。

賽茲馬連續揮了一、兩下劍，砍中不小心踏進攻擊範圍內的戰士。

不過——他當然很清楚自己能維持優勢的理由。

「我想趁敵人發動法術前解決掉。喂，伊亞瑪斯，有沒有什麼方便的法術可以用？」

「如果有僧侶的『沉默（蒙提諾）』就好了。」

伊亞瑪斯隨口回應，空著的左手卻尚未結起法印。

要用的話就是「炎嵐（拉哈利特）」了——

或者更高階的法術「封魔（巴柯魯茲）」或「凍結（馬達魯特）」。

可是「封魔」只能讓敵人的魔法威力減弱。這樣的話，「凍結」還比較好。

視線範圍內沒有施法者，但潛伏在深處的不明敵人呢？

敵人因為警報而不斷從後面冒出，「封魔」的效果無法擴及那個地方。

當然，用暴風雪將現存的敵人一網打盡也一樣，所以兩者不能相比。

伊亞瑪斯猶豫的原因，並不是在思考要節省法術。

毫無防備地站在敵人前面，相當耗神(HP)。

不能浪費一回合。想祭出最佳的策略——他是這麼想的。

即使被先發制人，只要不是法術或噴火，就不會全滅。

由兩位熟練冒險者率領的這個團隊，很快就能重整態勢。

話雖如此，賈貝吉只會亂砍一通，拉拉伽光是抵擋攻擊就分身乏術。

唯有賽茲馬和伊亞瑪斯兩人，能夠分析戰況下達指示。

只要他們倆的腦袋沒被砍下來，就算敵人不好對付，也稱不上劣勢。

可能會死一、兩個人就是了——

「死亡不是放棄冒險的理由。」

至少只要搬進寺院就能復活，只要捐款就能復活。伊亞瑪斯如此聲稱。

但這不構成積極選擇死亡的理由，儘管那一天遲早會來臨。

——原來如此，艾妮說的話確實有深意。

更遑論是因為粗心大意而死，那位神官肯定會大發雷霆。

伊亞瑪斯一面沉思，一面在戰場奔走，望向少女。

「woof!!」

賈貝吉如魚得水，或者說是發現獵物的獵犬。

她大吼一聲殺進敵陣，善用大劍的重量橫掃敵人。

乍看之下是嬌小的身軀在被大劍甩著玩，其實正好相反。

賈貝吉將體重及力氣加諸在纖細身軀不可能拿得動的重劍上，砸向敵人。

身體斷裂，頭部潰爛，四肢分離。根本不是正常的劍術。

伊亞瑪斯果斷地朝掀起血風的那個地方大喊：

「賈貝吉！」

「arf！」

他的呼喚沒有特別的意義。

因為他認為跟她說「先回來」、「妳退下」，賈貝吉也聽不懂。

不過呼喚她的名字，她就會回應。停止動作，轉過頭，抬起臉。

清澈的藍眸筆直望向他。伊亞瑪斯甚至覺得自己的臉倒映在其中。

藍眸冷不防地下沉。

「yap!?」

「什麼……!?」

賈貝吉的尖叫。連伊亞瑪斯都忍不住驚呼。

是落穴（Shute）。

賈貝吉腳下的地面突然開了個洞吞掉她。

——奇怪。

時間一分一秒流逝。一滴血噴向他。他用視線追尋那道軌跡。

——賈貝吉從來沒有踩過那塊地板。

她一直在跳來跳去、跑來跑去，揮舞大劍。如果是靠重量打開的，第一步就該觸發。

那麼為什麼？為什麼陷阱剛才發動了？是因為她停止動作嗎？故意瞄準的？意思是，也就是說——有人在操縱「迷宮」？

「…………啊。」

伊亞瑪斯笑了，宛如飢餓的鯊魚發現了獵物。

下一刻，他踢擊墓室的地面高高躍起。

穿過布滿狀似黑影的怪物的地面，射出右手的刀。

那把刀刺中即將合上的地板的縫隙間，發出刺耳的吱嘎聲擠壓刀刃。

「伊亞瑪斯!?」

然而，那把刀的怪聲和賽茲馬的聲音，對伊亞瑪斯而言都無關緊要。

他撲向刀柄，用雙手握緊，強行撬開地板。

「喂。」伊亞瑪斯說。「突破重圍後，你從樓梯下去。」

「那你呢？」

賽茲馬已經補上前線因為少了伊亞瑪斯跟賈貝吉而空出的漏洞。

他用大盾擊殺附近的敵人，擠到拉拉伽旁邊。

「跳下去。」

伊亞瑪斯的答覆簡潔有力。他笑了笑，接著說：

「想回去的話可以喔？」

「可以嗎？」

「畢竟我實在沒那個臉叫你陪我去死。」

伊亞瑪斯一隻腳擠進地板的縫隙，望向賽茲馬。

賽茲馬將「野獸殺手」插進敵人的肋骨，貫穿心臟，望向伊亞瑪斯。

兩人發出空洞的笑聲，相視而笑。

拚命揮動短劍的拉拉伽見狀，一臉難以置信的模樣。

但那也只是一瞬間的事。

他使勁擠出所剩無幾的勇氣，面色凝重地問：

「……你要去救她嗎？」

「沒有啊？」

伊亞瑪斯瞥了拉拉伽一眼，雙腿使力，擠出一人份的空間。

拉拉伽很快就明白這句話不是在打馬虎眼。

他真的、發自內心、完全沒有那個打算。

——那為什麼!?

莫名其妙。拉拉伽莫名其妙地大喊：

「很危險耶!?這什麼狀況啊……!?」

沒錯，什麼狀況？為何？發生什麼事？至少可以確定——「敵人是這座『迷宮』的主人吧!?」

伊亞瑪斯的回答只有一句話。

「我有事找那傢伙。」

於是，伊亞瑪斯跳進落穴，消失不見。

動作熟練得像做過數十次一樣。

＊

「Ｈｏｏｏｏｏｗｌ!!」

尖叫聲空虛地於黑暗中迴盪，最後消散。

「迷宮」的走道又暗又冷，賈貝吉癱坐在石板路上，環視周遭。

沒有半個人。

「Woof……」

少女輕聲嗚咽。

她早已習慣待在又冷又暗又安靜的石造房間。

以前也一直都是孤零零的，又不是一天兩天的事。

賈貝吉發了一下呆，站起身，靜靜邁步而出。

她——不懂太複雜的事。

也不知道自己該做什麼。

因為她只想著當下，不是未來，也不是過去。

不過——所以，沒錯。所以，賈貝吉久違地想起過去。

某一天，突然有人把她拖出黑暗的房間，塞進晃來晃去的箱子。

那個箱子有次晃得特別厲害，接著她便被扔到一個更加寬敞的地方。

莫名其妙的東西攻擊她，所以她殺了那東西，以免自己被殺。

負責餵食她的人幫她戴上項圈。那個人會給她飯吃，所以她決定聽他的話。

他叫她去，所以她潛入「迷宮」；他叫她殺，所以她殺了目標。

比起待在那個異常寬敞，從來沒看過的神祕藍色天花板下，石造房間更令人心安。

沒錯，她覺得沒什麼不好。

可是——肚子好餓。

真的非常餓。

所以她盡情大吃，卻沒有被罵，她很驚訝。

這種事還是第一次。

沒有被人命令去做什麼的經驗，也屈指可數。

因此，她覺得暫時維持現狀也不錯。

同時也覺得，如果要分開那也沒辦法。

——跟他們在一起挺自在的。

雖然這個想法並未在她腦中化為言語。

「…………」

少女在「迷宮」裡漫無目的地走了一段時間，最後忽然停下腳步。

她來到一個寬敞的空間。

但或許不該稱之為墓室，因為那裡沒有門。

迴廊、大廳，有各種稱呼——

「Spiiiiit……！」

賈貝吉在深處嗅到不祥的氣味。

「乖乖死在路上不就得了，還在那邊苟延殘喘……」

真是無藥可救。臭味的源頭化為人形，自黑暗深處現身。

是**穿著高級斗篷的男性**。

不只一人。

黑衣男子跟在男人後面從黑影中走出，一個——又一個。

接踵而至，他們團團包圍賈貝吉。

賈貝吉握緊大劍的劍柄，緩緩蹲低身子。

這群男人卻並未將其視作威脅——和她拉近距離。

不祥的氣味愈來愈濃。

「真是的……為了殺妳這種野狗，連這個護符都得拿出來用……」

站在最前面的斗篷男子鄙視地說。

男人的脖子上，掛著神奇的東西。

燃燒著白光的物體，看起來像某種東西的碎片（Shard）——護符（Amulet）……

「竟敢不知分寸地玩得那麼開心。不會有人知道妳的名字。」

男子握緊那個護符，語帶不屑，凝視賈貝吉。

沒有敵意，也沒有大意。

只有侮辱及面對麻煩事的不耐煩情緒。

隨著男子這句話，其他人在斗篷底下將腰間的劍推出劍鞘的聲音響起。

「終究是賤狗的女兒，跟野獸講這些她也聽不懂……在這裡去死吧。」

說得沒錯。

賈貝吉聽不懂男子說的話。甚至根本沒在聽。

她只是誠心厭惡從這群男人身上散發的氣味。

在那狹小、昏暗、冰冷的石造房間，唯一不喜歡的氣味。

不時會冒出來，看著賈貝吉跟她講幾句話，然後離開。

賈貝吉不知不覺記清楚了那些人的氣味。

所以，來到這個寬敞的地方後，有件事是她主動想去做的。

散發那種氣味的傢伙出現在身邊時，賈貝吉都會心想。

「——利加敏王家的詛咒之子（Bastard）！」

——我要幹掉他們。

*

每當大劍轟鳴，屍體就會多出一具。

「…………」

「growl……!!」

賈貝吉的鬥志絲毫未滅。

面對默默揮下白刃襲向她的刺客們，一步都沒有後退。

她殺進包圍網的正中央亂砍一通。

配合呼嘯而過的風上前一步，以纖細的雙腿為支撐，朝後方揮劍。

跟正統的劍術相去甚遠。建立在質量與重量上，強硬又粗魯——卻是一場劍舞。

屍骸隨著劍與舞慢慢堆成一座小山的畫面，稱之為死亡舞蹈也不為過。

跟默默發動攻勢的刺客們形成對比。

「——……」

「spit……!」

身穿東方服飾的男人們手拿短劍，看到同伴慘遭殺害仍未卻步，令賈貝吉發出低沉的吼聲。

刺客們相當敏捷，經常用刀刺向少女的要害。

少女驚險地閃過。

然而，就算是與死亡為伍的冒險者，面對不間斷的攻勢，負擔還是很大。

會消耗精力。會擾亂專注力。會喘不過氣。汗水滑落，呼吸急促。

「……woof!!」

即使如此，賈貝吉齜牙咧嘴地激勵自己，殺向下一隻獵物。

數量再多，都絕非無限。

少女雖然不理解那麼複雜的概念，她知道殺光敵人就能殺掉他們。

可惜——少女是優秀的戰士，但僅此而已。

「果然是野獸嗎？我看妳除了亂砍一通，什麼都不會。」

穿斗篷的男子毫不掩飾他的鄙視，喃喃自語。

要砍中在刺客們搭成的人牆後面觀戰的男子，還得花一些時間。

「bow!!」

賈貝吉彷彿在叫他洗乾淨脖子等著，斗篷男子卻不予理會。

他握緊掛在脖子上的護符，朗誦具有真實力量的話語。

「『密恩桑梅（不可視之） 邱桑梅（魔啊） 雷（凝聚） 達魯伊（成形）』。」

異狀立刻發生。

一股極度噁心的……沒錯，腐肉般的臭味突然乘風而來。

轉眼間充斥四周，汙染賈貝吉的肺腑。

「yap!?」

少女第一次因為痛苦而露出扭曲的神情。真正駭人的，是之後發生的現象。

「GRAAAHHHGG……」

「RRAAAAUUUGGHH……!!」

死去的刺客，屍體上的肉緩緩開始腐爛。

他們卻如同有生命的存在，搖搖晃晃地站起來。

淪為腐屍（Rotting Corpse）的那些東西，是明確的敵人。

又有誰會知道，男人用的是「召喚（索柯魯迪）」的法術呢？

就算知道，肯定會為那個法術極大的威力瞠目結舌。

的確，此乃第五階段的法術。

將數隻怪物從異界招來，傳說中的魔法師的招式之一。

不過，沒錯，數隻。

讓多達數十具屍體通通變成亡者站起來，並不尋常。

「Grr……!!」

置身於一擁而上的腐屍中，少女仍未放開大劍，持續抵抗。

連喘息的時間都沒有，彷彿本能察覺到一旦停止動作，等待在前方的會是死亡。

這副模樣值得讚許，萬萬不可輕視。

全身被血與汗染成暗紅色，卻朝著目標勇往直前，有如一把利刃。

然而，那純粹的高貴氣質與美麗的身姿，於此時此刻毫無意義。

「『卡夫阿列夫　泰（靈魂啊停止吧）　努恩桑梅（汝名為沉睡）』。」

「Ｅｅｋ!?」

是太過殘忍的「睡眠（卡堤諾）」法術。

賈貝吉尖叫一聲，突然絆倒，狼狽地摔在石板路上。

她不停抽搐，像溺水似地掙扎著，試圖站起來，卻徒勞無功。

少女全身放鬆，身體不聽使喚。因為她連意志都在逐漸消失。

亡者群纏上她纖瘦的身軀，伸出手。

少女瞪大那雙藍眼，嘴巴一開一合，發出無聲的吶喊。

「這下妳就任人宰割了……」

斗篷男子對於第一階段法術的效果十分滿足。

男子名為艾格姆·伊維夫。

對艾格姆而言，這個任務沒有一處是讓他心甘情願的。

學習魔法，鑽研至極致，在王宮追求地位，結果要對付這種野獸丫頭。

不僅如此，在外界熟練的魔法師費盡千辛萬苦方能抵達的領域，在「迷宮」只是基本中的基本。

思及此，一想到自己花了那麼多時間學這個法術，就覺得非常火大。

但它在「迷宮」裡發揮極大的威力，滿足了他的自尊心。

這麼多隱密隊員死在一個小丫頭手上固然遺憾，不過——

——她終究只能臣服於我，向我求饒，癱在地上迎接死亡。

「沒想到殿下在外面拈花惹草生下的女兒，會覺醒不祥的上帝（Overlord）的血脈……」

真是噁心的——與野獸無異的少女。

傳說中那個瘋狂、不祥的祖王，是必須掩飾的可恥歷史。

但過沒多久，他的血脈就會四分五裂，被吃乾抹淨，從地上消失。

只剩下正統的王家血脈。

無疑是大功一件。

艾格姆想要見證自己立下功績的那一刻，定睛凝視——

「『密姆阿利夫（恐懼啊）　密姆桑梅雷（隨著我的聲音）　萊辛（擴散吧）』！」

真言（True Word）突然響徹四方，令他瞪大眼睛。

「ARAAAAGUU！！？？」

「AAAAAAHHHHH!?」

「什麼……!?」

驚愕的不只艾格姆。亡者們之間也發生異變。

亡骸原本就不受控制，但他們還是像被本能操控般，湧向少女。

現在他們全都向後仰去，扭動身軀，慘叫著掙扎。

「竟然是……『恐慌（馬莫利斯）』的法術!?」

艾格姆知道原因。第五階段，高階的魔法。

擾亂精神，使對象心生恐懼。連僅存的死者靈魂殘渣都不放過。

不過——

——厲害。

艾格姆呻吟道。沒錯。這個法術不會影響瀕臨昏睡的那女孩。

一招就封住亡者的術士，自「迷宮」的暗處現身。

黑衣男子。

男子手中的黑杖一閃，亡者的腦袋便與身體分離。

他踹開剛倒地就化為灰燼的屍骸，一腳踩在上面，直線衝向前。

形似法杖的那東西，似乎是一把刀身細長的騎兵刀（Sabel）。那把刀低吼著。

「『密姆阿利夫（如同遭受暴風摧殘的） 卡夫阿列夫（岩石） 努恩伊（一般） 塔桑梅（粉碎吧）』！」

揮下的刀刃蘊含致死的魔力，不可視的一擊橫掃空間。

艾格姆毫無防備地被吸向身體的「致死（馬卡尼托）」命中。

斬。斗篷男的身體輕易被斜劈成兩半，飛了出去。

「……ａｒｆ？」

賈貝吉感應到站在身旁的男子氣息，發出微弱的叫聲。

她甩了下頭，顫巍巍地站起來。衣服破了，裝備也損壞了。

可是，手中握著大劍，鬥志也尚未熄滅。

因為──

「聽說遙遠的東方，有一群能夠熟練使用魔法的戰士……」

她聽見明顯被一分為二的艾格姆的自言自語聲。

護符綻放皎潔的白光，斷成兩截的肉體瞬間連接，縫合起來。

噴出來的鮮血、內臟也逐漸吸回艾格姆體內，回歸原位。

這個畫面並不正常。

不久後，艾格姆若無其事地起身，彷彿一開始就沒受傷。

看到站在少女旁邊的那名冒險者──艾格姆瞇細眼睛。

「……是叫武士嗎？我都不知道還有倖存者。」

「我也對你一無所知。除了一件事。」

黑衣武士（Samurai）──伊亞瑪斯（Ｉａｒｕｍａｓ）笑了，如同在跟久違的朋友聊天。

「那是護符（Amulet）對吧？」

「……看來──不能讓你活著了。」

艾格姆下意識握住掛緊脖子上的碎片——護符。

朦朧的白光從那裡溢出。

魔力的光芒，睿智之光，力量本身。

執行這個任務時獲賜的寶具，用喜悅填滿艾格姆。

擁有這東西的自己，怎麼可能只會在這種「迷宮」裡面幫王家跑腿。

要變得更強，爬到更高的地位。

他因為慾望而露出陶醉的神情，伊亞瑪斯小聲嗤之以鼻。

「能戰鬥嗎？」

對象是還沒調整好呼吸，吐出舌頭不停喘氣的賈貝吉。

她茫然仰望伊亞瑪斯，清澈的藍眸在他身上對焦。

「……」

這陣數秒鐘的沉默，不曉得是在猶豫、思考，抑或有其他原因。回答只有一句話。

「arf!!」

「好。」

伊亞瑪斯用被粗糙手甲覆蓋住的手，撫摸賈貝吉的頭。

少女沒有出聲抗議。

她握緊大劍，望向艾格姆。

「bow!!」

*

「結果那傢伙到底是什麼人？」

這是在單獨跟賽茲馬探索的途中，拉拉伽無意間提出的疑問。

講好聽一點叫探索，其實是在應付源源不絕的敵人。

戰士、魔法師、僧侶、盜賊——黑衣讓人想到霍克溫——的集團。

拉拉伽非常賣命。揮舞短劍，將攻擊擋下、彈開、使其偏移軌道。

賽茲馬的「野獸殺手（Were Slayer）」則會立刻在那個瞬間咆哮，斬殺敵人。

讓敵人發動法術會被殺，思及此就不敢鬆懈。

若不試著潛入黑影之中，從背後刺穿敵人的要害，八成會死得更快。

——「迷宮」裡面果然不一樣……

神奇的是，他沒有一絲躊躇，跟在武器店遇襲的時候截然不同。

或許是因為他把這些東西當成怪物，而非人類。

他用短刀刺進又一個跟過去的自己一樣，兩眼黯淡無光的魔法師的背部。

然後遠離倒在地上的屍體，忽然發現自己有多餘的心思。

開口交談的心思。

「你覺得呢？」

賽茲馬彷彿在閒話家常，用「野獸殺手（Were Slayer）」又殺死一隻敵人。

在拉拉伽拚命解決一名敵人的期間，他殺死的敵人——堆積如山。

「聽說他失憶了。」

在戰鬥時聊天的模樣，讓拉拉伽一瞬間把他跟伊亞瑪斯重疊在一起。他像要驅散這個想法似地說道。

截然不同——不對，是天差地遠。

「還聽說他是不小心被復活的。」

「嗯，是沒錯。」

賽茲馬的手突然停止動作。

他揮下「野獸殺手」，微微一笑。

「我也很好奇他是什麼人。但我知道他是什麼東西。」

「……什麼？」

「**屍體**。」賽茲馬笑道。「我們在人跡未至的區域發現的屍體。」

「這——」

拉拉伽瞬間語塞。不可能。無法相信。他欲言又止。

因為，意思是，無人攻略過的樓層的屍體，出現在無人抵達過的場所——

「沒錯，可怕的是，他肯定是**冒險者**。」

挺符合他的個性，賽茲馬笑著扛起劍。

然後在掌中轉了圈，頭也不回，一劍刺向從背後逼近的敵人。

身體從側腹被貫穿的黑影——瞄準賽茲馬的脖子的刺客，連慘叫的時間都沒有就斷氣了。

拉拉伽見狀搖了下頭，睜大眼睛，把注意力放在戰場上。

對面有魔法師。他屏住氣息，躡手躡腳地緩緩從背後靠近……

「……!!」

然後摀住魔法師的嘴巴，橫向割斷他的喉嚨，沒有移開視線，而是光用聽的。

「於是，我們把屍體搬回去請人復活，結果他真的活過來……了！」

賽茲馬彷彿在無人的曠野中前行，開出一條道路。

雖說不是野獸(Were)，對賽茲馬的利刃而言似乎不成問題。

還是說，人類也算一種野獸？「野獸殺手」染滿鮮血，劍身卻依然清亮。

往兩側揮劍，斬殺敵人，一步步往墓室的出口前進。

——施法者。

應該都收拾掉了。

拉拉伽迅速跟上賽茲馬，專注於從背後保護他——儘管沒有那個必要。

用短刀彈開敵人揮下的刀刃。

火花四散，手掌麻痺。

但也只有這樣而已。

專注力(HP)沒有要耗盡的跡象。他有點高興。

「那失去記憶又是怎麼回事!?」

「他還記得怎麼戰鬥，卻失去了記憶(Level)。這是真的。可是啊。」

「——？」

「你好像很介意那傢伙的背景捉摸不透，這也是理所當然。」

賽茲馬將擋在墓室出口的戰士一刀兩斷，笑道。

「**那傢伙沒有那種東西**。」

＊

「『密恩桑梅(不可視之)　邱桑梅(魔啊)　雷(凝聚)　達魯伊(成形)』。」

戰鬥由艾格姆第二次的「召喚(索柯魯迪)」吹響號角。

跟寄宿在護符中的無限魔力比起來，多一個冒險者能有多大的變化？

「GRAAAHHHHGG……」

「RRAAAAUUUUGGHH……!!」

亡者們重新站起。不對，其中還有從黑暗深處召喚而來的刺客。

此時此刻，全都被綻放皎潔光芒的護符的力量支配。

遵從艾格姆意志行動的傀儡們，跟剛才一樣襲向冒險者。

刺客們用銳利的短劍瞄準要害，亡者們順從本能，企圖用牙齒撕裂他們。

「別被打中啊。」

「Woof！」

伊亞瑪斯和賈貝吉的動作大相逕庭。

伊亞瑪斯用左手結起法印，動作熟練得像做過數十數百次一樣。

賈貝吉趁他結印的期間從旁邊衝過去，帶有真實力量的話語(True Word)緊追在其後，從口中迸發。

「拉阿利夫(火焰啊)　赫亞(化為)　萊(暴風)　塔桑梅(肆虐吧)！」

「炎嵐(拉哈利特)」的法術掀起熱風，襲捲「迷宮」。

第四階段的猛烈業火當前，剛站起來的亡者根本撐不了多久。

他們連慘叫的時間都沒有，被火焰吞沒，宛如燒成焦炭的火把，化為灰燼散落。

「Foo！Oh!!」

圈。

賈貝吉扛著大劍，衝進由烈火開闢的道路。

在邁步的同時，像要把它扔出去似的，順勢將肩上的大劍砸向前方。

刺客從肩膀被砍成兩半，倒在地上，她看都不看那邊一眼，憑藉反作用力轉了

穩穩踏出下一步，朝下一隻敵人的身體橫掃。脊髓的斷裂聲傳來。

鮮血及內臟四散，把少女的身體弄得更髒，但這反而激起她的鬥志。

一旦停止動作，劍也會變鈍。賈貝吉彷彿一隻野獸，露出利牙撲上前。

「被亡者麻痺就麻煩囉……」

賈貝吉砍倒的刺客變成不死者站起來時，伊亞瑪斯的白刃呼嘯而過。

單手揮下的刀刃砍飛屍體的頭部，全都化為灰燼，靈魂消散。

該用法術迅速收拾掉的是魔法師。至於那些刺客，只要避免被擊中要害即可。

不是身經百戰的冒險者伊亞瑪斯，以及擁有戰鬥天分的賈貝吉的敵人。

不過——

——前提是我沒有這個護符(Amulet)。

艾格姆神色從容。只要護符在手，自己就不可能輸。

武士嗎？其力量確實驚人，但強大的法術不可能有辦法用那麼多次。

劍術固然稱得上威脅，只要不讓他們靠近就不足為懼。

拉開距離，靠怪物消耗他們的體力。方針沒有改變。

畢竟他的手裡有護符。無盡的魔力，堪稱無限的怪物群。

剩下只要重複這個過程。

就算怪物被殺，再召喚出來攻擊他們即可。

無論要花上多少時間——最後勝利的都是自己。

——真的嗎？

「…………」

這時，不曉得是艾格姆的大腦，還是第六感，抑或是護符提升的直覺在低聲詢問。

——真的是這樣嗎？

目前伊亞瑪斯和賈貝吉仍在奮戰。

刀刃咆哮，法術炸裂，亡者化為灰燼，刺客一命嗚呼，他們的屍體再重新爬起來。

戰況沒有逆轉。冒險者雖然在逐漸逼近，僅此而已。

然而——

「…………!?」

伊亞瑪斯看著他。黑眸彷彿要將艾格姆吞噬。

——事有蹊蹺。

沒有放棄，也不是自暴自棄，看不出情緒的視線促使艾格姆行動。

「『達魯伊拉（黑暗啊）　萊（來）　塔桑梅（吧）』！」

他握緊護符，像在咆哮似地吶喊出真言（True Word）。

「黑暗（迪魯特）」。於周圍降下黑暗的絕技，在這裡是第二階段的初階法術。

可是，透過護符增幅的真言，發揮了駭人的效果。

真正的黑暗憑空出現，伸手不見五指的暗黑領域（Dark Zone）。

被黑暗遮蔽的艾格姆從所有的知覺領域中消失，連氣息都偵測不到。

「woof……!!」

是想要逃跑，還是在表明不會讓他們逃掉的決心？

賈貝吉著急地吠叫，正準備衝上前——

「等等。」

「yelp!?」

伊亞瑪斯的手甲抓住她的肩膀，把她拽了回來。

賈貝吉驚呼出聲，忿忿不平地瞪著他，眼神表露出數種情緒。

困惑、抗議，抑或疑問。

伊亞瑪斯自言自語，代替回應。

「找到目標，砍了他。」

下一刻，他躍入黑暗之中。

五感瞬間消失殆盡。

地面、牆壁、敵人、自己，全數融進黑暗中，逐漸消散。

這樣的空間，再強大的武士都無法抵抗吧。

敵人——分不出是刺客還是亡者——從四面八方侵襲而來。

緊接著，伊亞瑪斯便被切成碎塊。

被刀刃刺中，被利牙咬住，內臟被挖出，血流不止。

無疑是致命的傷害。他之所以沒癱倒在地，是因為貫穿他身體的敵人撐著他。

不過——

「看不看得見都無所謂。」

伊亞瑪斯笑了。

妳誤會了兩件事——

艾妮琪修女的面容忽然閃過腦海。聲音於耳邊重現。

之前，伊亞瑪斯對她說過。

為何要挑戰「迷宮」？理由是什麼？艾妮坐姿端正，直盯著他。

——第一件事。我想取回自己的過去（Level），但那僅僅是手段。

——第二件事。我的確在尋找過去的同伴，但那僅僅是手段。

「伊亞瑪斯強烈渴望殺死『迷宮』之主，取得護符。」

他說出這句話的瞬間，艾格姆明白了這名男子——伊亞瑪斯深沉的目光有何意義。

對他來說，自己只是個障礙物——連敵人都不是。

並非目的。跨越後還要繼續前進，純屬用來讓人突破的東西。

為此甚至不惜一死。

艾格姆感到恐懼。他的恐懼化為吶喊，於黑暗中迴盪。

「你瘋了嗎……!?」

不惜一死。說來簡單，何況地點是在這座「迷宮」。

但死亡終究令人畏懼。疼痛。苦痛。沒有人不會害怕。

即使能夠復活，那也不是百分之百安全。靈魂可能會消散。

連投胎轉世的機會都沒有，徹頭徹尾的死亡，從這個世界、宇宙徹底消失（Lost）。

要是硬幣擲出了反面怎麼辦？

伊亞瑪斯笑了。

——到時，下一個冒險者會想辦法。

鮮血淋漓的左手結起法印。

「『塔伊拉（疾風啊）』！」

他使用過好幾次。

「『塔桑梅・沃烏阿利夫（與光一同）』！」

不可能忘記。

「『耶塔（解放吧）』!!」

——「核擊（堤魯特威特）」。

「什麼——……！！！？」

艾格姆瞪大眼睛。第七階段，超乎想像，只出現在傳說中的法術。

閃光瞬間用白色的黑暗蓋過艾格姆創造出的領域，猛烈的熱氣襲來。

他連慘叫聲都發不出來。連痛覺都感覺不到，除了熱以外沒有任何想法。

眼珠沸騰，肌膚潰爛，無法呼吸。即使如此，艾格姆的大腦仍舊感覺得到一切。

他無助地握緊護符。

是這個護符在維繫他的生命。只要有護符，他就不會死。

護符是他的全部。

「啊——!?」

握緊護符的手臂被砍飛了。

艾格姆是為了失去的護符而慘叫，而非失去的手臂。

發生什麼事？是誰？做了什麼？

困惑、恐懼。艾格姆的眼睛逐漸呈現濁白色，最後看見的是——

嬌小的身軀滑進伊亞瑪斯的影子，巧妙地避開熱風，在黑暗中找到目標。

「ｇｒｏｗｌ!!」

是砍飛他腦袋的賈貝吉。

©so-bin

第五章
艾妮琪

「[redacted]!!」

有人在呼喚名字。十分懷念的名字。

他在黑暗中睜開眼睛。不過，眼前的景色同樣是一片黑暗。

——不對。

映入眼簾的是在「迷宮」的黑暗中，對他齜牙咧嘴的異形怪物。

露出肌肉纖維的藍黑色巨大身軀，以及殺氣騰騰的雙眼。

上級的魔神——高等惡魔。

他伸出如同巨木的手臂，從那裡噴出致命的寒氣及冰雪。

是「凍結（馬達魯特）」！他正想大叫，視野突然上下顛倒。

他看見綻放金剛石光輝的魔法武器飄在空中，向他發動攻擊。

跟自稱考官的魔法師及戰士、忍者交鋒，得到不值一提的稱讚。

在巨大岩山內部的石窟閃躲原形質怪物的襲擊，四處徘徊尋找寶珠。

無論何時他都是冒險者，而地點都是「迷宮」。

被火燒死、頭部被砍飛、被變成石頭、被吸走精氣（Level），一而再再而三地死亡。

他時而變成灰燼，卻又不停起死回生，挑戰「迷宮」。

到頭來，自己或許跟那些亡者差不了多少。

他忽然心想，微微一笑。儘管不知道自己在笑什麼。

不久後，回過神時——他發現自己身在昏暗的墓室中。

不是一個人——還有大家在。

墓室裡充斥濃密的魔力氣息。源頭是——眼前的男性，一位老人。

眼中燃燒著夾雜瘋狂及理性的異常光芒。

連不死之王都能使喚的那名老魔法師，手中拿著綻放皎潔光芒的物品。

護符（Amulet）。

直覺告訴他。

必須把那東西弄到手。

他為此而來。來到此處，只為了這個目的。

「[redacted]!!」

有人在呼喚名字，十分懷念的名字。

他回應夥伴們的呼喚，握緊刀子飛奔而出。拉近距離，抓準時機。

驚慌失措的魔法師張開嘴巴。具有真實力量的話語。疾風啊，與光一同解放吧。

風與光。熱。

白色黑暗將一切覆蓋——他的意識再度下沉。

什麼都看不見。

什麼都聽不見。

只剩下——

呢喃。禱告。接著下令。

——祈願吧。

＊

「伊亞瑪斯！」

他猛然睜開眼睛。

有種從海中飄盪的睡意中，被人拽到岸上的感覺。

張開嘴巴，無法吐氣。沒錯，這裡的空氣不適合他。是不同的地方。

他忍不住坐起身。無法吸氣，喉嚨縮緊，肺部沒有在運作。

「冷靜點，沒事了。」

輕柔的聲音傳入耳中，冰冷雪白的手輕輕撫摸他——伊亞瑪斯的背。

死神的手肯定就是如此溫柔、美麗。

「……嗯，沒事了。你的生命得到了神明的許可。冷靜點——」

冷靜點，放輕鬆。她的聲音比一再重複的話語更有效。

微弱的吸氣聲從伊亞瑪斯喉間傳出，氧氣吸進肺部。

「……艾妮琪修女。」

「是的。」銀髮精靈在他身旁微笑。「你回來了。」

這時，伊亞瑪斯終於發現自己身在「寺院」的祭壇。

這個經驗同樣令人懷念——彷彿經歷過好幾次。

伊亞瑪斯張開嘴巴想說些什麼，卻說不出話，猶豫過後。

「……還以為我死了。」

他像在自言自語似的，說出無聊透頂的感想。

「你的確死了。」

艾妮語氣無奈。

「你以為是誰向神祈求蘇生(卡多魯特)的？」

伊亞瑪斯吐出一口長氣，望向艾妮琪修女。

有著一頭美麗銀髮的精靈少女，臉上是他從未見過的表情。

該說什麼？伊亞瑪斯難得迷惘了一下。

「……原來妳也會露出那種表情。」

「……」

艾妮揚起嘴角。

「即使我們遲早會在神明的城市重逢，要分開那麼久還是挺寂寞的。」

「謝了。」伊亞瑪斯說。「等等得跟賽茲馬也道個謝。」

「……」

艾妮深深嘆息，然後一語不發地指向伊亞瑪斯的大腿。

伊亞瑪斯順著她的手指看過去，終於明白身體如此沉重的原因之一。

不是因為剛死過一次。

一名少女毫不客氣地將纖細的身軀壓在他腿上打盹。

伊亞瑪斯把手伸向賈貝吉翹起來的頭髮，用僵硬的動作幫她梳頭。她發出「Ahh」的聲音。

「是賽茲馬先生發現她拖著你回來的。」

「拉拉伽也在嗎？」

「如果你說的是那個盜賊男孩，他在呀。」

「這樣啊……」

這樣的話，也得跟拉拉伽道謝。

伊亞瑪斯邊想邊下意識繼續撫摸賈貝吉的頭髮。

「umm……」

比想像中還長的睫毛晃了下，賈貝吉的眼皮抽動著。

她突然抬頭，凝視伊亞瑪斯的臉——

「Ａｒｆ！」

叫了聲，得意洋洋挺起胸膛。

她遞給伊亞瑪斯的，是一塊小小的……金幣大小的碎片。

已經失去光芒，只是個老舊的金屬片，但他不可能看錯。

是那個斗篷男脖子上的護符。

「怎麼？不只我，妳還把這東西撿回來啦。」

「ｙａｐ！」

「做得好……」

「Ａｈｅｍ！」

伊亞瑪斯從看起來在搖尾巴的賈貝吉手中接過護符。

——不對。

這是護符的碎片。僅僅是分成上百塊的其中一部分。

這麼一小塊就能發揮那種程度的力量。

還是該說，這麼小一塊只能發揮那種程度的力量？

與記憶中的護符根本無法相比，遠比本體渺小的碎片。

就算這樣，那可是對冒險者而言的勳章。

伊亞瑪斯呆呆看著手中的碎片，思考要如何處置——

「喔喔，你活過來啦！」

這時，賽茲馬用力打開門走進來，吸引了他的注意力。

看來符合金髮美青年之稱的自由騎士，在那之後也平安突破重圍了。

「你沒死啊。」

「不像你。」

賽茲馬快活地哈哈大笑，拉拉伽站在旁邊。

他一副不知道自己該擺出什麼表情的樣子。

經過在地下的戰鬥，似乎有幾分成長的少年噘起嘴巴。

「結果還是死了嘛，為什麼啊。」

「就是會死。」伊亞瑪斯點頭。「因為是冒險者。」

「那我要一次都沒死就抵達最下層給你看。」

「很好，我會期待的。」

伊亞瑪斯不是在嘲諷他，拉拉伽卻哼了一聲。

賽茲馬笑道「你用詞不對」，伊亞瑪斯不為所動地回問：「是嗎？」

他覺得不改也無所謂。反正不重要。

「我得謝謝你們。」

這件事更重要。要錢、裝備，還是要他做什麼？凡事都伴隨代價。

賽茲馬聞言笑了下，聳聳肩膀。
「下次請我喝杯酒。」
「請喝酒就夠了？」
真是謙虛的要求。
高階冒險者大可更貪心一點，趁機獅子大開口。即使是遵守善之戒律的人。
伊亞瑪斯意外地回問，賽茲馬加深笑意。
「莎拉和莫拉丁一直吵著要聽你是怎麼死的。」
「……我不認為事情有那麼簡單。」
以那兩個人的個性，肯定會追根究柢。
伊亞瑪斯抱著胳膊心想「這代價可真大」，在他旁邊的拉拉伽——
「要謝的話，」
下定決心開口說道。
「要謝的話，幫我找屍體。你是專門找屍體的吧？」
「並不是。」
「是一個圃人女孩。」拉拉伽無視他的回應，接著說。「很久以前死的。說不定屍體已經沒了。」
「不……」

伊亞瑪斯緩緩搖頭。

他沒有特別的想法。對於拉拉伽要找的那名少女是誰，也不感興趣。

純粹是在陳述他所知道的事實。

「只要身體的一部分還留著——例如骨頭——不是不可能復活。值得一試。」

我答應你。這句話還沒說出口，拉拉伽就激動地問：「真的嗎!?」

伊亞瑪斯嘴角勾起一抹淺笑。

「如果我在這種時候說謊，就真的是個惡人了吧？」

「大家都聽見囉，賽茲馬、廚餘、修女姊姊都聽見囉！」

「嗯，我知道。」

有必要高興成這樣嗎？伊亞瑪斯不明白。

但感覺不壞。

最後，這趟冒險可謂毫無收穫。

找到了地圖上沒有記錄的未開發領域，僅此而已。

沒找到財寶，死了一次，被人復活了。沒有好處。不過——

——……感覺不壞。

「不好意思，在各位聊得開心的時候打擾……」

銳利的聲音射向祭壇上的伊亞瑪斯。

是艾妮琪修女。

臉上是再燦爛不過的聖女般微笑。

「可否請你支付復活所需的捐款？」

「……不是已經付了嗎？」

「把你扒光後還是不夠，所以你的負債又要增加囉？」

畢竟你好歹是個高階冒險者。艾妮面帶笑容，接著說道。

伊亞瑪斯默默仰望天花板。寺院的天花板又高，又遠。

「arf。」

他望向旁邊，賈貝吉不知為何一臉得意。

至於賽茲馬和拉拉伽，他反而欠他們人情。向他們求助也沒意義。

最後，伊亞瑪斯舉起手中的金屬碎片給艾妮看。

「可以用它支付嗎？」

「你的意思是，那塊小小的金屬板值好幾枚同樣大小的金幣？」

價格並不相等。這句話不曉得是什麼意思。

賽茲馬深深嘆息。

──事已至此，沒辦法。

伊亞瑪斯伸出手，粗魯地揉亂翹起來的頭髮。

「Aah!?」少女出聲抗議，憤恨不平地望向他。

他和如同一座深不見底的湖泊的清澈藍眸四目相交。

「……妳要繼續跟我共同行動，負起責任。」

她叫了聲回應。

「Bow！」

*

然後。

發生了某種戲劇性的變化——並沒有。

叮叮噹噹的細微金屬聲，依舊在「迷宮」內迴盪。

每走一步——一塊區域、一格，怎麼講都可以——伊亞瑪斯就會扔出金幣，再收回釣線。

他將「爬行金幣（Creeping Coin）」拉回手中，向前一步，再度擲出金幣。

如此反覆。探索「迷宮」並不輕鬆，在各種意義上。

「……真的非得這樣做嗎？」

可是，會不會不耐煩另當別論。

聽見拉拉伽無意間說出口的抱怨，伊亞瑪斯一面收線，一面回答：

「倒也未必。」

「是喔!?」

「嗯。」

最近，伊亞瑪斯心想。最近，他們像這樣在探索過程中聊天的頻率增加了。

對他來說，就只有這點變化。

「我不是盜賊，但聽說只要多累積一點經驗，就能看穿地板或牆上的陷阱。」

「……那累積到足夠的經驗前呢？」

「只能腳踏實地了。」

「嗯……」

拉拉伽嘴上在呻吟，臉上卻帶著笑容。

經過數次的冒險，他脫胎換骨了——應該可以這麼說。

——唔。

自己有這種想法，伊亞瑪斯覺得很愉快。

仔細一想，他覺得自己以前也會為同伴的力量提升而感到喜悅。

或許是因為那個時候——在生死的狹縫間載浮載沉時，他隱約窺見那模糊的記憶。

醒來後就會消失，宛如曇花一現，不過……

「目前你需要學會地圖的畫法。」
「地圖？『迷宮』的嗎？」
「總不會有人自動幫你畫好吧？」
「嘔噁……」
「ａｒｆ。」
從這個意義上來說，全是多虧這名血淋淋地小步走出墓室的少女。
賈貝吉的存在，可以說是一個轉機。
脖子上仍然戴著沉重鐵枷的她，身後拖著重物。
是屍體。
冒險者的——嚴重損壞到連性別都無法分辨的屍體。
從勉強保有原形的鞋子來看，恐怕是女性。推測是精靈或人類。
「好，幹得漂亮。」
「ｙａｐ！」
伊亞瑪斯用粗糙的手甲揉亂賈貝吉翹起來的頭髮，她叫了一聲。
至少她好像能接納他了——至於親不親近他，得先打個問號。
結果，什麼都沒有改變。
除了這三個人開始一起探索「迷宮」外。

伊亞瑪斯從包袱裡拿出屍袋，心不在焉地想。

以他來說實屬罕見。明明除了「迷宮」的事情以外，他什麼都不該想。

莫非……這也是難以稱之為變化的，某種細微的差異？

沒錯，自己跟其他人這樣的交流——

——不會不舒服。

伊亞瑪斯為此感到驚訝，然後坦率地接受了。

倘若把這件事告訴艾妮琪修女，她會露出什麼樣的表情？

「好痛……!?」

思考到一半，伊亞瑪斯突然聽見哀號。

疑似是賈貝吉使勁踹了拉拉伽的小腿骨一腳。

「我、我說、我說妳喔！妳夠了喔!?」

「ａｒｆ。」

拉拉伽的抗議被當成耳邊風。她抬起下巴指向墓室內部，邁步而出。

「有寶箱就，給我……用說的，啊！」

拉拉伽抱著腿跟在後面。

那種程度只是在嬉戲罷了，也不會消耗專注力（HP）。他想必能順利打開寶箱。

可是，萬一拉拉伽失誤了，萬一賈貝吉又被什麼東西波及。

經過短暫的思考，伊亞瑪斯嘀咕了一句話。遺忘已久，在那種情況下的固定臺詞。

「唉唷……」

＊

「喂，你們看。」

「是伊亞瑪斯啊……」

「黑杖的伊亞瑪斯……」

「挖屍體的。」

「該死的蛆蟲……」

「最近他好像找了個奴隸女孩用。」

「他說他不記得自己的過去，也不知道是真是假。」

「用完就丟嗎?真可憐。」

「吵死了，擋路!閃開啦!」

拉拉伽大聲嚷嚷，趕走沒有任何變化的群眾的視線。

他瞪著目瞪口呆、跟他拉開距離的行人，又補上一句：

「就算你們死了，我們也不會幫忙把屍體搬出來啦!」

「斯凱魯」的午後。

雖說大部分是冒險者，在人潮洶湧的大街上吶喊，相當引人注目，拉拉伽卻毫不介意。

那光明正大的態度，也許是拜經歷數次冒險，逐漸培養出來的自信所賜。

或者——換個角度看，也可以說是得意忘形。

後者的話，應該會出現不懷好意的人。

靠搬運屍體賺錢。帶著一個奴隸丫頭。在各種意義上來說，想把他們一口吞掉。

不過，若是如此……

——我是後盾嗎？

真不符合我的作風。

伊亞瑪斯緩緩搖頭，背好屍袋的繩子。

「沒什麼好吵的吧。為這點小事跟他們計較，會沒完沒了。」

「要你管。」拉拉伽瞪向伊亞瑪斯。「我會介意！」

「那就沒辦法了。」

既然拉拉伽會介意，沒錯，那也沒辦法。

「ａｒｆ！」

賈貝吉精力十足地吠叫，不曉得她理解了幾成。

無論前方的路程會是如何，熱鬧點不會有壞處──……

「……woof。」

賈貝吉忽然表現出害怕的模樣，縮起身子向後退。

連在「迷宮」內部都沒看過她這種反應，令伊亞瑪斯挑起一邊的眉毛。

「喂，怎麼了？」他問，當然沒有得到有意義的回答。

反而是拉拉伽發現了。他點了下頭，露出奸笑。

「喔，妳的天敵登場囉。」

「賈貝吉妹妹!!」

她的動作敏捷得完全不像精靈族的僧侶。

輕快地跑過來的纖細身軀，將更加瘦小的身體緊緊擁入懷中。

「yap!?」

莎拉無視賈貝吉的慘叫，用臉頰磨蹭她。

「伊亞瑪斯真是的，竟然叫這麼小的孩子搬屍體……！」

「我沒有叫她搬屍體。」

「你都叫她幫忙了，一樣啦，一樣！」

「……moan。」

賈貝吉好像在用眼神對拉拉伽訴說什麼。

拉拉伽卻沒有乖乖行動。他笑咪咪的，臉上寫著要報復剛才被踢小腿骨的仇。

——哎，隨便他們。

伊亞瑪斯微微揚起嘴角。他在莎拉身後看見剩下五位熟人。

後面的冒險者們（All Stars）分別穿著不同的強大裝備。

聞不到一絲血腥味，全副武裝。由此可見，應該是正準備挑戰「迷宮」。

塔克和尚看見伊亞瑪斯的**行李**，稍微低下頭。

身分不明的屍體，也會有人幫他哀悼，真不錯。

就算復活了，就算消失了，死終究是死——

「伊亞瑪斯，你聽說了沒！」

身穿鎧甲、頭戴頭盔的自由騎士賽茲馬語氣卻依然爽朗，彷彿在無視那件事。

他一副隨時會哈哈大笑的模樣，鐵盔底下肯定是燦爛的笑容。

被莎拉搶先一步的賽茲馬，帶著其他成員大步走近。

「聽說什麼？」

伊亞瑪斯問，賽茲馬回答：

「三樓的角落，再怎麼殺怪物都會一直出現，現在似乎成了不錯的賺錢場所。」

「那些人還真閒。」

「別這樣說。沒人不想要金錢和經驗。」
「我沒有惡意。」
伊亞瑪斯說。賽茲馬正經八百地笑道：
「我想也是。那你知道這件事嗎？」
「什麼事？」
「那間墓室，」賽茲馬說。「好像叫做怪物配置中心(Allocation)。」
「哦……」
配置中心。聽起來不錯。很熟悉，是個好名字。
不過，硬要說的話——
「不是四樓真可惜。」（註3）
「你有時候會講這種讓人聽不懂的話。」
伊亞瑪斯笑了。
「我也不知道自己在說什麼。」
兩人花了一點時間閒聊、交換情報，就此道別。
普羅斯佩洛喊著「要出發了啦！」把莎拉拖走，莎拉揮手說著「再見囉！」向

註3　遊戲中的怪物配置中心在地下四樓。

他們道別。

終於重獲自由的賈貝吉「ｗｏｏｆ！」悶悶不樂地低吼，走向拉拉伽。

全力的一腳痛得拉拉伽尖叫，伊亞瑪斯背對他們，扛起屍體。

霍克溫瞄了他一眼。伊亞瑪斯聳肩回應。到此為止。

賽茲馬一行人前往「迷宮」，他——他們則前往寺院。

雙方擦身而過，背後傳來啪噠啪噠的腳步聲。

少年少女正在急忙追上來，這點小事，用不著回頭他也知道。

＊

「哎呀，伊亞瑪斯先生！今天也辛苦你了。」

他們抵達寺院，跟平常一樣，艾妮琪修女的笑容在等待他們。

看見伊亞瑪斯扛著的屍袋，她加深笑意。

「但願他能迎接美好的生與死……」

她在胸前劃了個聖印，睜大眼睛驚呼。

「哎呀，拉拉伽先生和賈貝吉小姐也在呀。不介意的話，要不要到裡面坐坐？」

我幫兩位泡茶。

拉拉伽聽了歡呼道：「真的假的。」

不只拉拉伽，有幸喝到艾妮琪修女泡的茶，大部分的人都會很高興吧。

拉拉伽快步走進寺院深處，留下煩惱的賈貝吉。

「Ｈｍｍｍｍｍ……」

賈貝吉沉吟著，表現出戒備的態度。

推測是被抓去全身上下洗過一遍的痛苦經驗所致。可是，再怎麼說一定比莎拉好。

或是拿拉拉伽沒辦法，覺得不能放他一個人。

「ｙａｐ。」

賈貝吉簡短回答，腳步追上拉拉伽——

剩下兩個人。

呢喃、禱告與詠唱。

在寺院寂靜的祭壇中聽來，宛如海邊的浪濤聲。

「好了，得把這位死者送去安置——」

語畢，艾妮伸手準備從伊亞瑪斯手中接過屍袋。

之前見識過的她的臂力，搞不好正是從事聖職者的工作訓練出來的。

因此，伊亞瑪斯抓住了突然浮現腦海的疑惑，問道：

「對了，是誰幫我支付復活費的？」

「？」艾妮納悶地歪過頭。「就說了，是算在你的負債上──」

「**第一次的時候**。」

噢。艾妮琪修女微笑著回答：

「是我呀。」

「我想也是。」

因為這個人不可能出差錯。

修女靦腆一笑，伊亞瑪斯板著臉點頭。

在旁人眼中會是什麼樣的畫面呢？兩人毫不在意。

「為什麼？」

「嗯……不是多複雜的理由啦。」

艾妮用纖細美麗的手指擺弄神官服的下襬。

是小女孩會做的動作，不久後，她哀傷地吁出一口氣。

「我有點好奇原因……」

「什麼原因？」

「你為何而生、為何而死。」

伊亞瑪斯沒有回答。

艾妮琪修女也沒有繼續追問。

不過她——做為替代——向伊亞瑪斯確認一件事。

「給你造成困擾了嗎……？」

「不會。」伊亞瑪斯回答。「我很感謝妳幫我復活。」

「那就好——」

就在艾妮琪修女展露微笑時。

一陣風突然從寺院中吹過。

美麗的銀髮隨風飄揚，艾妮按住頭巾，瞇起眼睛。

她不經意地看見伊亞瑪斯張開了嘴。

雖說不如往日，精靈的聽覺還是遠比人類敏銳，伊亞瑪斯的聲音卻連她都聽不見。

「你剛才說什麼——？」

「沒什麼。」

伊亞瑪斯笑了。

「**給我等著吧**。」

＊

古代。

人們忘記古代有那種東西，不曉得過了多少歲月。

沒有任何人知道它的存在，某一天，那東西突如其來地重新出現。

「迷宮（Dungeon）」。

力量如同字面上的意思，從忽然貫穿大地的魔穴之中滿溢而出。

位於地底深處，永無止境的「迷宮」內部，滿是財寶及怪物。

自告奮勇的勇者、英雄、聖女、賢者等聲名顯赫的強者，當然接連前去挑戰。

遍布世界的邪惡之徒也伸出魔掌，企圖將「迷宮」納入囊中。

最後通通被「迷宮」吞沒，消失不見。

傳說中的勇者的後代、將一生奉獻給鑽研魔法的大賢者、村裡魯莽的年輕人。

——在「迷宮」裡面人人平等，全是最底層的弱者。

「迷宮」所為何物，無人能知。

能確定的只有兩件事。或是一件事。

「迷宮」內部沉睡著大量的財寶，其中潛藏超出人類想像的力量。

「迷宮」內部滿是會襲擊人類的食人怪物，以及致命的陷阱。

意即——「迷宮」是人類的智慧無法理解，徹頭徹尾的異界。

人們將「迷宮」視為危險的領域，避之唯恐不及。

不過，「迷宮」的產物在各種意義上，對各種人來說具有吸引力。

追求財富、名聲、功勳，或者除此之外的其他，挑戰「迷宮」的人絡繹不絕。

經歷無數次的死亡，跨越危險，獲得財寶，慢慢適應「迷宮」。

不久後，人們將他們稱為——「冒險者」……

終章
Wizardry

不曉得位於何處的地底，黑暗深處。

「那隻生物」從淺眠中醒來，微微睜開眼睛。

因為他覺得那陣令人懷念、蘊含灰燼氣味的風，傳到了他身邊。

那裡是從「魔穴」噴出的瘴氣盤踞，封印世上所有的災厄，令人毛骨悚然的場所。

不可能起風。空氣混濁、阻塞、腐敗。然而……

——大概是**那個人**吧。

沒有證據。但他不知為何這麼覺得，心情十分愉快。

「似乎是如此，老友啊。」

聲音忽然傳來。

從黑暗另一側出現的是——噢，果然沒錯，是懷念的朋友。

負責守護四大門扉（Gate Keeper）的老魔導士。

聽見這句話，「那隻生物」撼動空氣。他自認在笑。

「鷹風（霍克溫）捎來了消息……」

意思是，少女平安無事嗎？門扉的守護者嚴肅地回答「那隻生物」的疑問。

「平安無事。她平安無事，老友啊。瑪格妲和阿拉維克的血脈守住了……」

——那就不用擔心了。

那個人待在那個血脈的旁邊，一切都很順利。

門扉守護者的臉色卻不太好看。

偉大的古代魔法師搖搖頭，彷彿在為世上所有的不幸哀嘆。

「可是，**他**還不夠成熟……或許是因為強行讓他轉生的關係，他變得非常衰弱。」

——一開始就知道了不是嗎？

過去打開「魔穴」的時候也是。神器的光芒減弱，失去女神加護的時候也是。

經過轉生，被送進來的人——將失去大部分的力量。理所當然。

「困難重重。或許有可能。不過……也或許不可能……」

門扉守護者跟以前被封印在次元牢獄(Cosmic Cube)時一樣，面露疲態。

「朋友啊，封印被解除前，說不定無法抵達……」

——照理說可以。

過去是如此。

那麼，未來應當也是如此。

因為所有冒險者都是這樣。

最清楚這件事的人就是你，而非其他人，不是嗎？

「是嗎……」門扉守護者布滿皺紋的臉龐浮現笑容。「或許是吧。」

——沒錯。

「那隻生物」說道，用過去的名字呼喚門扉守護者。

「……時間的流逝真殘酷。老友啊。」

門扉守護者最後留下這句話，跟出現時一樣消失不見。

「那隻生物」不可能不理解那位朋友的意思。

再也沒有人聽過我們的名字。

那段令人懷念，與灰相伴的青春時光，已是遙遠的往昔。

像這樣一直於此處等待有何意義，也不得而知。

不過——煩惱這些才是真的毫無意義吧。

總有一天，必定會出現抵達「迷宮」深處，闡明一切的人。

總有一天，必定會出現抵達「魔穴」深處，擊潰災厄的人。

跟是不是**那個人**無關。

正因為是冒險者——

那隻偉大（艾爾柯柏雷斯）的巨龍深信著，再度閉上眼睛，墜入睡夢當中。

黑暗再臨。

後記

大家好！我是蝸牛くも。
初次見面的讀者，你們好。見過面的讀者，很高興在這邊也能見到你。
不過，嗯，該怎麼說呢，沒錯。是《Wizardry》喔，《Wizardry》！
嚇死我了。沒想到自己真的會有撰寫這款遊戲的小說的一天。
我是不是在作夢啊。該醒了吧……
《Wizardry》最有名的是初期那三代，可以稱之為始祖吧。
最後一次移植，是二〇〇〇年左右的CBC版和WS版，所以是超過二十年前的事了。
應該有許多年輕的讀者沒聽過《Wizardry》。

由我這種小角色介紹雖然很不好意思，還是先讓我跟各位說明一下。

很久很久以前，有兩位年輕人深深著迷於全世界的第一款RPG《D&D》。說是RPG，這款遊戲並不是用主機玩的，而是使用紙筆和骰子遊玩。當時正好進入家機的新時代，個人電腦開始普及。

那兩個人心想，讓麻煩的計算及判定全部交給電腦處理如何？

至於劇情，沒錯，最好簡單得**連電腦都能理解**。

大魔導士從失去理智，走上霸道的國王手中搶走做為力量來源的護符，逃進迷宮深處。

為了討伐大魔導士而聚集，身分不明的流氓與冒險者。

危險的陷阱、大量的怪物、金銀財寶和魔法武器，潛伏在迷宮裡等待他們。

即使在半途失去性命，把屍體帶回寺院就能復活……前提是要捐獻不合理的金額。

生命輕如鴻毛，冒險經常與死亡相伴，同時也有許多有趣之處和危險。

兔子和忍者混在巨龍中出現，前來取人性命的異常世界。

不過，冒險者也會揮舞村正或攪拌器（註4），用核爆解決敵人。

註4 Wizardry裡的「カシナートの剣」原型是攪拌器。

《Wizardry　狂王的試煉場》於焉誕生。
之後又出了潛入魔穴，尋找失落的傳說武器及神器的《鑽石騎士》。
為了查明天災的原因，尋找沉睡在靈峰的聖龍的《利加敏的遺產》。
描寫應該已經被打倒的大魔導士的歸來的《瓦德納的逆襲》等等。

WIZ傳到日本，移植到FC上，還出了小說、漫畫、動畫、TRPG。
《相鄰的灰與青春》、《利加敏冒險奇譚》……還有四格漫畫。
最後日本終於自己出了續作，還爭取到了版權。
不知為何，日本人超愛這個奇妙、殺氣騰騰的愉快世界。
也有許多受到影響的作品。動畫、漫畫、遊戲、電影、輕小說……
我自己也是其中一人，同樣寫了受到它影響的小說。
話雖如此，我正式接觸WIZ，是在最後一次移植的時候。
因此我一直看著那些資深冒險者的背影，沿著他們的足跡前行，敬佩不已。
可是——嗯，如你所見。
不知不覺，我成了撰寫《Wizardry》小說的那一方。
真的是，會不會睜開眼睛發現我躺在床上作夢啊……

本作是我自己試著解釋「《Wizardry》是這樣的吧」的產物。

我不敢高高在上地宣言「這就是ＷＩＺ！」。

或許有人會覺得ＷＩＺ才不是這樣。

不過，請一笑置之吧。

在我眼中，各位的冒險非常壯烈、帥氣、有趣。

透過本作得知ＷＩＺ的讀者，請去玩玩看遊戲。

因為，那應該會是你的，只屬於你的，只有你知道的冒險故事。

聽過ＷＩＺ的讀者也好，沒聽過ＷＩＺ的讀者也好，希望這部作品能讓大家看得開心。

值得感謝的是，這部作品好像會出第二集。

伊亞瑪斯、賈貝吉、拉拉伽他們的下一場冒險，會在旅店醒來後揭開序幕。

如果到時還能再跟各位見面，是我無上的榮幸。

那麼，再會。

BLADE & BASTARD

BLADE & BASTARD

浮文字

BLADE&BASTARD（01）—溫暖的灰燼，昏暗的迷宮—

（原名：ブレイド&バスタード —灰は暖かく、迷宮は仄暗い—）

作者／蝸牛くも　封面插畫／so-bin　譯者／Runoka

執行長／陳君平　榮譽發行人／黃鎮隆

協理／洪琇菁　國際版權／黃令歡、梁名儀

總編輯／呂尚燁　美術編輯／陳又荻

執行編輯／陳昭燕　宣傳／陳品萱

出版／城邦文化事業股份有限公司　尖端出版
台北市中山區民生東路二段一四一號十樓
電話：（〇二）二五〇〇七六〇〇　傳真：（〇二）二五〇〇二六八三
E-mail：7novels@mail2.spp.com.tw

發行／英屬蓋曼群島商家庭傳媒股份有限公司城邦分公司　尖端出版
台北市中山區民生東路二段一四一號十樓
電話：（〇二）二五〇〇—七六〇〇（代表號）
傳真：（〇二）二五〇〇—一九七九

中部以北經銷／楨彥有限公司
電話：（〇二）八九一九—三三六九
傳真：（〇二）八九一四—五五二四

雲嘉經銷／智豐圖書股份有限公司　嘉義公司
電話：（〇五）二三三—三八五二
傳真：（〇五）二三三—三八六三

南部經銷／智豐圖書股份有限公司　高雄公司
電話：（〇七）三七三—〇〇七九
傳真：（〇七）三七三—〇〇八七

一代匯集／香港九龍旺角塘尾道六十四號龍駒企業大廈十樓B&D室
電話：（八五二）二七八三—八一〇二
傳真：（八五二）二七八二—一五二九

馬新經銷／城邦（馬新）出版集團　Cite(M)Sdn.Bhd.
E-mail：Cite@cite.com.my

法律顧問／王子文律師　元禾法律事務所
台北市羅斯福路三段三十七號十五樓

二〇二三年八月一版一刷

■中文版■

郵購注意事項：
1. 填妥劃撥單資料：帳號：50003021戶名：英屬蓋曼群島商家庭傳媒（股）公司城邦分公司。2. 通信欄內註明訂購書名與冊數。3. 劃撥金額低於500元，請加附掛號郵資50元。如劃撥日起 10～14日，仍未收到書時，請洽劃撥組。劃撥專線TEL：(03) 312-4212 ・ FAX：(03) 322-4621。E-mail：marketing@spp.com.tw

國家圖書館出版品預行編目資料

BLADE & BASTARD 1 溫暖的灰燼,昏暗的迷宮 / 蝸牛くも作;
Runoka譯. --1版. --臺北市：尖端出版, 2023.08
面 ; 公分.--(浮文字)
譯自:ブレイド&バスタード : 灰は暖かく、迷宮は仄暗い
ISBN 978-626-356-683-5(平裝)

861.57 112005806